副島隆彦《そえじまたかひこ》の人生道場

SEIKO SHOBO

副島隆彦の人生道場

なぜ、「人生道場」なのか◉はじめに

今はだらけた人間が多い。だらけきって、その上に国が貧乏（格差《かくさ》社会か？）になってゆく一方だから誰もが貧相《ひんそう》だ。長く続く不況（デフレ経済）のせいで元気が出ない。若者に背中が曲がっている者が多い。

もっと、気合いを入れて、背中を伸ばしてしゃんとせよ、と言いたい。が言ってしまうと、「それじゃお前自身はどうなんだよ」と聞き返されそうで、それでみんな気が引けて黙り込む。

だが私は黙らない。

こんなしょぼくれた時代こそ、大言壮語《たいげんそうご》と言われようが、倨傲《きょごう》と言われようが、大声で人前であたり構わず演説をする人間が一人ぐらいいてもいい。気違いだと思われても構わない。一切気にしない。私はそういう人間である。へこたれない、くじけない、何があっても正面の敵を見すえて喰らいついてゆく。これまでに私が書いた本たちがその証拠物である。

＊

私は最近は、政治思想の本以外に、金融・経済ものの本を書くことが多い。株価や為替《かわせ》（ドル円相場）や金利、マネーの量などの動きの先読みをして、予測（予想）を全くはずさなかった。全てピタリと当ててみせた。「嘘を言うな。そんなことは不可能だ」と顔を背《そむ》けられるのも覚悟の上だ。ここまで堂々と満天下に向かって書いて己《おのれ》に恥じないだけの自信がなければ、とてもこんなことは書けるものではない。

私は、そこらの言論サギ師とはちがうぞ。人々を出版物で騙《だま》す気は一切ない。私の本に大きな誤り（間違い）や予測はずれがあると言うのなら、そのように書いてきてほしい。必ず返事を差し上げます。

私は五〇歳を超えたころから、ようやく全体が見渡せるようになった。もう大きくは騙されない。世の中のしくみとカラクリが分かるようになった。世の中は制度的な騙《だま》しと嘘だらけだ。企業が、五〇歳を越さないと役員（取締役）にしないのはホントだな、と思う。人間、いい齢《とし》になったら、人を育てることが一番大事である。人（後継者）を育てられず、自分のことだけで窮々《きゅうきゅう》としているのは、元々たいした人間ではない。だから私は、集まって来る若い人々を「学問道場」という私塾《しじゅく》に集めて育てて、八年になる。阪急・東宝の創業者、小林一三《こばやしいちぞう》が私のお手本だ。若者に人生を教える教師を名乗ってもいいだろうと思うようになった。だから本書を「人生道場」と名づけた。

看板に偽りあり、かどうかは本書を読んでくれてから判断して下さい。

私には、時の権力者やメディア（マスコミ産業）にすり寄って顕職《けんしょく》にありつこうとするさもしい根性もない。自分の本を買ってもらって、定価の一割（一六〇円、税込み）の印税をかき集めて生活している。今どき、本の原稿料だけで生活するというのは並大抵のことではないと、同業者の文筆業者たちなら実感で、肌身で知っている。私はそれをずっとやってきたから、同業者たちの視線を一瞬のもとに跳ね返すだけの実力を持っている。

悔しかったら掛かって来い、である。お前なんかを相手にしないよ、と言うのであれば、いいだろう、いつまででもじっと待ち続けよう。私は我慢強くもある。

誰に遠慮することもない。恐れることもない。卑屈にもならない。「人生道場」という看板を高々と掲げて、天下の大道を弟子たちを引き連れて堂々と歩いてみせようと思う。

我が人生道場の行く末、消長に、乞う御期待である。

二〇〇八年一月

副島隆彦《そえじまたかひこ》

もくじ＊副島隆彦の人生道場

装幀＊＊＊フロッグキングスタジオ
カバー写真＊＊＊＊＊スタジオWEST
本文写真＊＊＊＊＊＊＊＊＊波風立之助

I 言論

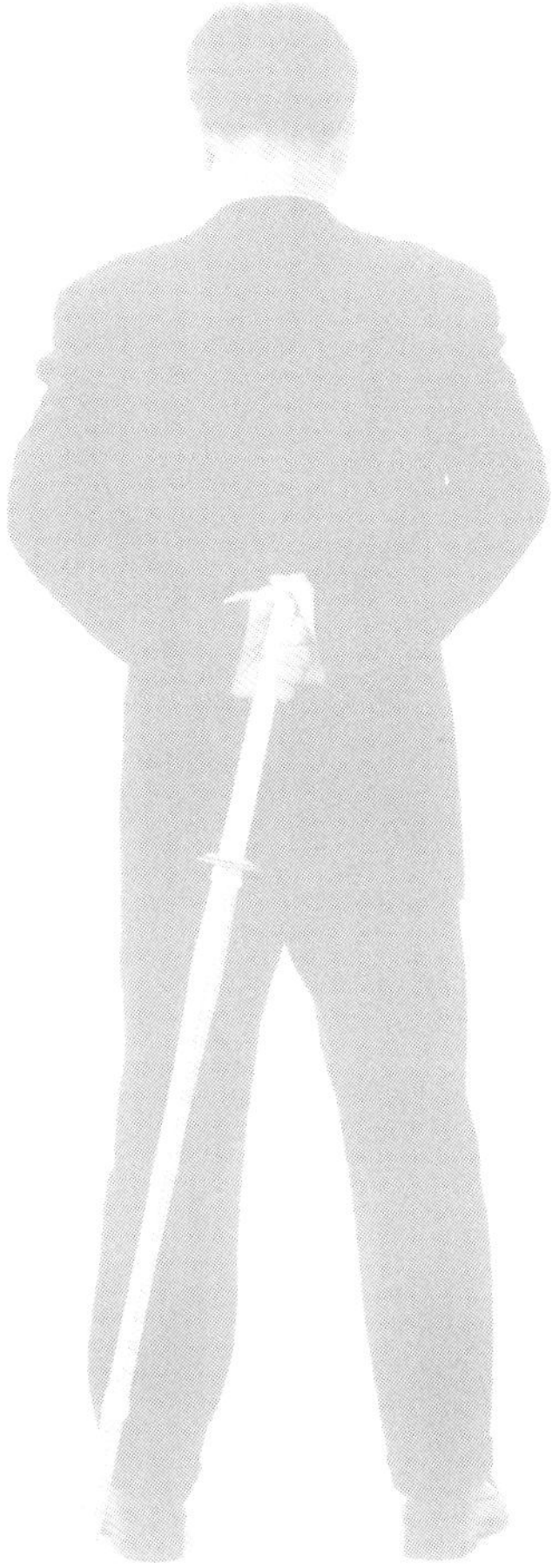

「副島隆彦はガラガラ蛇だ」論

今日は、私のことを、「ガラガラ蛇のような言論人だ」と書いて寄越した私の友人からのメールをとりあげます。それをここに、あとで、貼り付けます。

私は夏休みに入った。夏休みといっても、結局、本を読んで言論雑誌を読んで、アメリカの大統領選挙関係の記事を、ネットで向こうの新聞などから拾って、ごそごそとメモにまとめているだけです。

すこしも、豊かな生活の感じは無い。たっぷり一カ月、山の中のホテルで過ごすとか、そういう余裕はありません。ただし九月に入るまでは、もう出版社の編集者たちからの、「仕事のすすみ具合はどうですか」という、催促というか、脅迫の電話がない。だから気分はのんびりしています。雑誌の原稿は締め切りがあるから、焦《あせ》って書かなければなりません。しかし、単行本は、私の場合、締め切りがあって無いようなものだから、ずるずると先延ばしになります。

今日は、その、私の友人からの、私にすれば、嫌なことが書いてある私への助言の文章をまず載せます。そのあとで私の反論文を書き加えます。以下がメールです。

前略。貴君は言論界で、多分、猛毒のガラガラ蛇のような扱いを受けているのではないでしょうか。猛毒を持っているから、確かに怖いのだけど、始終ガラガラいって存在を誇示するから、誰も近づかない、そんな感じなのではないでしょうか。勿論、その猛毒はカルト・ファンにはたまらない面もあるのは承知しています。

問題は主張の激しさにおいて、硬派というセルフイメージにおいて、実は貴君自身が、人から敬遠される自分を是としている点にあります。そこには若干の陶酔もあると思うのですが、その陶酔はよくありません。それは二流の陶酔です。

あるいは、こう言ってもいい。ガラガラ蛇の例えで言うと、「オレに近寄ると怖いぞ」という感じで、ガラガラ鳴らしているのは、毒蛇としては二流ということです。目指すべきは一流の毒蛇です。断っておきますが、小生の言う一流の毒蛇というのは、あくまで架空の蛇です。しかし、架空といってもガラガラ蛇のままでは貴君自身もディレンマを感じるのだから、試しに目指してみる価値はあると思います。

では、その一流の毒蛇というのは、どういう性質かというと、所詮《しょせん》、蛇だから無理かもしれないけれど、どちらかというと愛玩用の容姿を持ち、「まあ、かわいい」とか言われながら、首に巻かれたりする。しかし、噛むときには果敢に噛むという本能だけは失っていないようなやつですね。しかも噛んだとき相手は無痛で、しかし、毒は確実に体に回って、本人も何で死ぬのか、よく分からないまま死ぬ、といった態《てい》の毒蛇です。結局、毒が無さそうなかわいい毒蛇が一番怖いはずなのです。

入れ墨があったり小指がなかったりする人に人々は近づきません。ガラガラ蛇にも人々は近づかないというのが人の世の道理なわけですね。「愛されるヤクザ」が形容《けいよう》矛盾《むじゅん》であるように「かわいい毒蛇」も確かに矛盾なわけですが、このままでは貴君も結局ずっとひっ抱えているディレンマと心中《しんじゅう》するのだから、ここらでひとつ目指してみてはいかがかな。

そこで具体的な助言です。やはり、これから著《あらわ》す本を軟らかくすることだと思います。それに尽きますね。今のような映画をネタにした奴よりももっと軟らかくすべきです。もっと具体的に言うとやはり貴君の強面《こわもて》のイメージを決定づけたアメリカ政治研究か、日本の政治の状況分析に関する、一等優しい語り口の「入門書」の類を出すべきです。目指すはかわいいガラガラ蛇なわけだから、ここらで、硬軟とりあわせて、ではないが、副島政治学のソフト化を図るべきです。例えば『超初級・副島のアメリカ思想入門のこれまた入門』だとか『副島政治学・筆下《ふでお》ろし篇』といった風な、くだけたタイトルで、中味は吉本隆明《よしもとりゅうめい》が出した『僕なら言うぞ』風の、質問応答形式で、硬いというイメージしかない政治学を、あるいはアメリカの政治というものを一等易しく初心者向けに料理してみせるのです。

この種の本の需要がいかほどかは知りませんが、近年、素人《しろうと》の書いた経済の入門書などでベストセラーは出ているし、もしかして、ある程度売れ、評判になるならば、強面一辺倒だった貴君のイメージを一変することになると思います。ひいては先の悩みを解決する一助となりうるのではないでしょうか。キーワードはあくまで「かわいい」です。

PS。貴君がある対象を否定するときの凄まじい呪詛《じゅそ》性にも、問題があると思っているが、それは、また次の機会に。

＊＊学兄へ。副島隆彦です。メールをありがとう。お久しぶりです。
貴兄からのメールを読みながら、笑ってしまいました。そうか、私は、同世代の本読みインテリたちには、こんな風に見えているのか。このように、文章ではっきり書いていただくと有り難い。飲み屋での、やり取りの際の助言や忠告よりは説得力があります。

いろいろ考えましたが、私は、今のままの、猛毒性のガラガラ蛇のままで行きます。今さら、生き方と文体を変えることはしません。急に変えたら、若い読者たちから、「副島隆彦は、もう面白くない。毒気が無くなった」と言われます。

私自身が、年長者《ねんちょうしゃ》のもの書きたちに悪態《あくたい》をついて、次々に、その能力の限界を値踏みしてきましたから。私自身は別に、ガラガラ蛇だと思っているわけではありません。日本の言論界は、おかしい。勝手に有名人を気取る連中の談合業界《だんごうぎょうかい》だと思っています。それと出版社、新聞社が、半ばグルになって、自分たちの特権的な立場を守り合っているのだ、と考えています。

ですから、これを壊すには、若い読者たちの見ている前で、堂々と言論戦をやって見せなければいけない。私が主張しているのはそのことです。

日本は、あまりに、各業界の〝お上《かみ》〟たちの談合政治が多すぎる。それを壊さないと、日本の国が強くなれない。だから、私の文章は、「……ではなかろうか」とか、「……と考えるのは私ひとりではあるまい」とかいうような、あいまいな表現は使いません。断言します。出来るだけ実名を挙げて名指しでやります。そこに発言の責任の所在があるからです。と同時に、そのような理論や説を初めて唱えたことの名誉もあるでしょう。

私は、個人への人格《じんかく》攻撃はやりません。あくまで、その唱える主張・言論の質《しつ》の問題です。それが、優れていれば評価し、愚かで低劣であれば叩きのめす、ということです。このことは、そのまま私の言論に対しても当てはまります。だから、闘えばいいのです。

そして、周囲が判定を下せばいい。電気製品だって、自動車だって、そういう激しい業界競争をやっているではないですか。劣った商品は市場から淘汰され、脱落すればいいのです。どうしてプロ・スポーツを大衆が好きなのかといえば、肉体による能力競争を選手たちが公然とやってみせるからだ。八百長もあるだろうが、それは露見したら大変だ。

それに比べて、日本の学界とか、知識人・言論業界というのはひどい談合社会である。国民にほんとうのことを伝えない。教えない。私は、それらを自分の知りえた限りで、なるべく読者に伝えようと、思っている。

この私でも、今はまだ書けない、という政治情報や知識をたくさん抱えている。しかし時期がくれば、それらも必ず表に出す。そういうことです。

テレビ局や新聞社が私に近寄ってこないのは、やっぱり私が、すぐに彼らに噛みつくからだ、猛毒の蛇のように。という私への評価（否定的な）は、あるのでしょう。しかし、もうそんなことはどうでもいいのです。

私は、「この国の現実をはっきりと観察する」ということをやってきました。その際には、全ての同業者を敵に回してもよい、と考えてきました。そしてこの仕事をある程度のところまで、やりました。

ですから、あとは、やはり私の思想と構想力の問題である。私の思想と知識の限界が、読者に見えるようになったときが、私のお仕舞《しま》い、です。それ以外のことはどうでもよいことです。この国のメディア業界からの評価など、もう、どうでもいいのです。私は、自力でここまでやって来ましたから、誰の世話にもなっていません。弱みも全く握られていない。だから、私の敵たちは私が怖いのです。

「副島さんは、手加減しないからなあ。寸止《すんど》めしないでブスリと来るから、みんな怖いんだよ」と、外務省の外郭団体で日米関係の裏の仕事をしている人が言っていた。

「外務省の連中は売国奴だ。平気で国を売っている」と吐き捨てるようにその彼が言ったのを、私はまじまじと眺めているような人間です。「お前こそどうなんだ」とは、いくら私でも、その場では言いません。ぐちぐち後で書いて送ったりしますが。

やっぱり、問題は、ガラガラ蛇という外見ではなくて、思想の力そのものだと思う。これが衰えたら、そのときが私の限界なのでしょう。今のところ、まだ大丈夫だと、自己診断しています。

［基になった文章は、二〇〇〇年八月二〇日記］

私にみんなが恐怖する理由を深く考える

まず、自民党「加藤の乱」（二〇〇〇年一一月二〇日）についての私の分析の補足をしておく。

先日、自民党の若手の政治家たちと話す機会があったので、私見《しけん》を披露しておいた。「これは無責任な、外野からの、今流行《はや》りの〝評論家のようなことを言う〟まさしく評論家の考えですが」と前置きして話した。彼ら政治家は黙って聞いてくれた。腹《はら》（頭）のなかではどう考えているのか分からない。

私は、その時は、「まるで（加藤紘一さんたちは）女子高生が集団でいじめられて泣いているようだった」という、以前に書いた言い方はしなかった。その代わりに、「あれじゃあ、まったく、忠臣蔵の〝刃傷松《にんじょう》の廊下〟だ。多くの国民の同情を買ったでしょうねえ。外国人もそのように反応したようですよ」と言った。

この加藤紘一が演じた、浅野匠守《あさのたくみのかみ》の「止めて下さるな梶原殿。武士の情でござる」の〝刃傷松の廊下〟説が、このあと自民党から流れ出るようになったら、それは私、副島隆彦がオリジナルだ。

この事件については、新たに思ったことは、次のことだ。今から書くことは、本当に政治（および思想）の玄人《くろうと》を目指す人だけが分かればよろしい。半分政治がかる程度の馬鹿たちが読む必要はない。

まず、加藤紘一自身はもう、こうなったらどうでもよいのだ。自分自身の行動でありこれからも元気に頑張ればよい。たとえ野中広務《のなかひろむ》と森喜朗《もりよしろう》に騙《だま》されて計《はか》られたのだとしても。応援する人々もたくさん出てくるだろう。ところが、彼に従って忠誠を誓った政治家たちがたまらない。ここが政治なるものの真の怖さだ。谷垣禎一《たにがきさだかず》と金子一義《かずよし》と川崎二郎は、当選五、六回生だから、十分に大臣の椅子を狙える人たちだ。この人たちが受けた打撃が一番大きい。地元に帰って何と説明できただろうか。後援会の大幹部の建設会社の社長たちを相手に、本当にそれこそ、針の筵《むしろ》の上に座らされることになるのだ。

その時々の到達点

私たちの「学問道場」サイトを読みに来るのは、ほとんどは二〇代三〇代の若い人たちだから、あんまり難しいことは書くまい。今、四七歳の私が、苦労を重ねてたどりついた地点での「考え方」をいくら若い人たちに披露しても、簡単に理解してもらえるわけが無い。しかし、今の私は今の私だ。たどり着いた今のところの認識を書くしかない。

　去年までなら、自分の『記録』という手書きの日記帳を兼ねたメモランダム（大学生の頃から書いているから既に全部で五〇数冊の大学ノートとして保存されている）に書いて残してきた。それを、今はこうして、インターネット革命のお陰で、自分のサイトに書いて、それをそのまま公表するかたちになってしまった。

「副島隆彦の文は、日本のパブリック・プロパティ（public property 公共財産《こうきょうざいさん》）だ」論が既にある。私の考えや文章は、もう私的なものでは済まない、と考えるようにもなっている。だから、その時々の自分の到達点をこうやって公表しながら生きてゆこうと思っている。果たして何人の人が私の文を分かってついてくるかなあ。

　彼ら加藤紘一の率いる派閥（吉田茂《よしだしげる》に始まる宏池会《こうちかい》）の政治家は、地元の後援会の幹部たちから「先生、なんですか、あのざまは。みんなあんたを信じてついて来たんだ。私らは、本気で考え直さなければならないかもしれない。私ら自身の商売が懸かっていますし、私らの従業員の生活も懸かっているんですよ」と言われたら、いやだろうなあ。わー、ぞっとする。

　政治家というのは本当に大変な職業だ。私は本当に全身で彼らに同情する。みんなの代表となって生きてゆくことの厳しさを思う。

　政治家には、名誉とともに、民衆のもつ汚《きたな》らしい、おぞましいもの（公共事業だけでなく、福祉をよこせ、もある）のすべてを含めて全部、ひっかぶって生きてゆかねばならない。きつい仕事がつきまとう。どんな人でもひとつでいいから部活やサークルや町内会の責任者をやってみれば分かるだろう、その苦労が。仲間や会員をまとめてゆくことがどれぐらい大変か。その数百倍はきついことを政治家たちはやっているのだ。

私は、自分がヒョーロンカという何の責任も取らなくて、自分勝手なことをほざいていればよい職業であることを、ときどき恥ずかしく思う。ヒョーロンカである自分を卑下《ひげ》する。社会で一番たちが悪いのは、ふらふらと有名人になってしまったテレビ言論人、学者、評論家、文化人の類だろう。

「悟り組」の若者よ

今、ネットの掲示板を見ていたら、次のような投稿文があった。それをここに転載して、そのあと自分の思想の作り方の解説をしておきたくなった。必ずしもこの書き込み文に対する私からの返事ではない。どうせ彼とは、考えがすれちがうだろう、という気がするからだ。

投稿者：Ｐｅｎ

はじめまして。Ｐｅｎと申します。慶応大学の三田祭で副島先生の講演会に出席した者です。少し質問があるのでどなたか答えていただけないでしょうか（お前はあほだ！　とやっつけてくれちゃっても結構ですが）。まず言っておくべきことは、私は副島先生のおっしゃる99％の人間、つまり学問道場の掲示板でのむずかしい議論についていくことができない人間であろうということです。それでも一応講演会の後、副島先生の本を4冊ほど（小室直樹先生の本は読んでません……ごめんなさい）読みました。これまでの一般常識から比べてあまりにも内容、及び主張のされ方が過激で「果たしてこの人は大丈夫なのだろうか？」と思ってしまいました。

しかし、副島先生が「私はずっと愚かな側の人間であった。政治的な右《みぎ》、左《ひだり》の問題のところで、いつも態度が決まらないまま生きてきた……」というくだりで、なんだか妙に「この人は嘘を言う人ではないようだな」と直感しています。

前置きが長くなってしまいました。それで質問ですが、自分はとても知識人として生きることはできないのですが、副島先生の主張の中でこれだけは知っておけ、と私のような人間に言うことは何でしょうか？　ネオコン派やリバータリアン派のことが書いてある先生のアメリカ政治思想研究の本の中の表を、これさえ理解してくれればこの本の意味は達せられる、とあったのであの表でしょうか？　あるいは何があっても知識人として生きなければならないでしょうか？　私はどうしても「博打《ばくち》では絶対に負けない。負ける博打はやらない」くらいしか取り柄がない人間ですので、そこを商売で活かす、くらいしかできることはないのですが……。

副島隆彦です。メールをどうも有難う。私は、人生相談の類は受け付けません。それぞれご自分の人生として生きていって下さい。私が相手にするのは、「公共の課題」即ち「公《こう》共領域《きょうりょういき》（パブリック・ドメイン Public domaine）における、公共の善（パブリック・グッドネス public goodness）の追求に必要なことがら」だけです。「国民・民衆の利益」と言い換えてもいい。ですから個々の人生の悩みについてはお相手できません。

このＰｅｎ君の文は、私への質問の形をとっているが、本当は彼自身の人生観を既にはっきりと書いている。私はここが気に入った。それは、最後の部分の「博打（人生の態度選択や利益判断のことだろう）では絶対に負けない。負ける博打はやらない」のところだ。この人は、すでに出来あがっている。政治思想がどうのこうのというレベルを始めから超えて、保守思想の根本のところを素朴に体得している。保守とは「世の中の汚い現実をそのまま受けとめる」ということだ。自分のお父さんから教わったのか、あるいは、自分で気づいてしまったか。あるいは、私の文や本を読んでから、ハッと気づいたのかも知れない。私は、Ｐｅｎ君に何も教えることがない。私が気になったのは、こういう「悟《さと》り組」の気の利いた若者が、既に今の日本には沢山いるだろうな、ということだ。今の若者で少しでも政治問題に関心を持つ者の八割ぐらいは、保守派あるいは日本民族優等論派だろう。

左翼リベラル（＝反体制）に流れるほうが反《かえ》って変だろう。昔は、こうではなかったのだということを、今のインテリ若者も知るだけは知っていた方がいいのだが。

私たちは、〝自分も時代の子に過ぎない〟のであって、自分ごときに優れた知性があらかじめあるはずがない、ぐらいの冷たい自己認識をやっておいた方がよいと思う。

彼が私の文章から抜き書きした「右、左うんぬん」は何が言いたいのかは私だけが分かる。この件は捨て置く。「政治的な右、左問題」なんか、どうでもいい。たとえ若くてもそこをじっくりと考えて超えてしまった人たちにとっては。

「この人は大丈夫なのか」論

私が気にしたのは、私、副島隆彦の本（文章）は、「これまでの一般常識から比べてあまりにも内容、及び主張のされ方が過激で、『果たしてこの人は大丈夫なのだろうか？』と思ってしまいました」のくだりである。

なるほど。これからも、何十度も、何百度でも、私にこの言葉が浴びせられるのだろう。これまでもずっとそうだった。やっぱり私は、今のこの日本社会では、規格はずれの人間ということだ。

私の弟子を自認する若者たちの間にも、この内心の動揺が、本当は、ものすごくあるだろうなあ、と推断する。だから、ここで改めて端的に書いておきます。副島隆彦教を絶対に作るな。事実（facts）だけに基づいて、それが、世界基準で通用するものについてのみ信じなさい。私、副島隆彦の独自の思想などない。そんなものなどこの世に無い。ただ、副島隆彦は、世界基準《ワールド・ヴァアリューズ》の学問《サイエンス》を日本国内に、輸入紹介して、それで、すこしばかり、利ざやを稼いでいるだけなのです。このことを分かって下さい。

このＰｅｎ君は、私の言って（書いて）いることが理解できないわけではないらしい。理解できる限度において、自分の頭の中にこれまで作り上げてきたものが、かなづちで、がんがん壊されてゆくのが怖くて仕方がないのだ。みんな、その意味では、このＰｅｎ君と同じだ。私は、このことを改めてここで書いておきたかった。私の「西尾幹二のおわり」を読んで、心底改めていやーな気になった、私の読者たちがいるのだろう。副島隆彦はこんなに「危ないところまで」踏み出してゆくつもりなのか、と。実は、私自身が読み返して、自分のあの文章の激しさに、すこしだけいやーな気になった。たまらんなこりゃ、という感じだ。

そのつぎの投稿文に対しても反応しておこう。この桐茂《きりしげる》君は、ついに私に何の挨拶もせずに去って行くという。それがよいだろう。

投稿者：桐茂
私はこの板から遠ざかろうとしているのに、どうしても書いてしまいます。「中国人」とは、身体的特徴を指すものではなく、言語を指すものでもなく、無論宗教を指すものでもありません。「皇帝の支配に従う人間の総称」を、歴史的には中国人と呼びました。

歴代の王朝のそれぞれの全盛期にも、少し山奥に入れば、王朝に従わない移動民が存在しました。近年まで居たそうです。現在も居るかもしれません。日本のサンカを考えていただければ分かりやすいかと思います。それらは、中国大陸に居住していても、中国人ではない。それらの人々までも中国人とみなすのは、国民国家《ネイションステイト》成立以降の人々の考え方です。当時の実情には適合しません。

王朝（帝国）が崩壊して、人々が山の中に逃げ込んで、政治権力で捕捉することが不能になった時点で、その人々は中国人ではなくなります。現代人は、それらの人々までも中国人と考えてしまいますが、過去の中国の王朝を見る際には、それらの人々のことを、「中国人」とみなす根拠はなくなります。

なんだか詭弁《きべん》を弄《ろう》するようですが、この考え方で良いのではないかと思います。「王朝」という枠の中に居る人間だけが「中国人」です。これが「冊封《さくほう》」でしょう。後漢《ごかん》崩壊（紀元二二〇年）のショックの大きさは、図書館で美術全集を見れば直感的にご理解いただけると思います。実際信じがたいほどの文明の断絶が、そこにはあります。話にならないくらいに生産力が低下しています。

副島隆彦です。この桐茂君の文は、私の前の文の中の、岡田英弘《おかだひでひろ》論の中の「中国人」という言葉の概念規定に反応して来ている。ついに、というべきか、ようやくと言うべきか。彼は、私の文から岡田英弘の本を知り、勉強して、それで岡田東洋学を「日本国内でなんとか受容される限りの、危なくない範囲での承継」を自分の態度にしている。この気持ちは分かる。こういう人が、このあとも何百人か出てくるだろう。学問とは世界基準《ワールド・ヴァリューズ》（世界普遍価値）の別名なのだ、という原理論にあえて顔を背《そむ》けて、日本国内の「日本民族（は）優等論」に寄り添って、そこで、岡田学問をなんとか変質させたいのだ。だが、どっこい私が許さない。

「中国人」というのは、厳密には存在しない。それは、厳密には、ユダヤ人というのは何者なのかが分らないのと同じだ。私は、『正論』誌の一九九九年一二月号で、「そもそもユダヤ人とは何か」を、岡田の秀作『世界史の誕生』（筑摩書房刊）からの文章を引用しながら書いた。この文は、おそらく来年二月には刊行される拙著『アメリカの大嘘』の続きになる拙本に載る。この文にも岡田のずば抜けて優れた学者の資質がよく表れている。

狭量なり、日本の学界

私が、「日本人は、中国人の一種だ」という極めて激しい一文を書いたので、そのことに顔を背けたくなった者たちが、私の弟子たちの中にも少し出ただろう。だから、私はここでは、「中国人」の代わりに「東アジア人」ぐらいにしておいて、それは、英語のOriental《オリエンタル》、東洋人のことだ、ぐらいに薄めて書いておけばよかったのだろう。

しかし、そういうわけにはゆかない。なぜなら東洋人には大きくはインド人が含まれる。インダス・ガンジス文明の一大地域であるインドを無視して軽視することはできない。私たちが、普通、「東洋」という言葉を使って、西洋（ザ・ウエスト）あるいは西欧（ウエスト・ヨーロッパ）あるいは欧米（ヨーロッパ・アメリカ）と対立させようとしても、この「東洋」という語は、実は大きくはインドと中国のふたつの地域《リージョン》のことを指す。その周りは付け足しということにならざるを得ない。

そのとき日本の位置づけはどうなるのか。このことを私たちは、ひどく心配する。日本が東洋の中心であるわけはないのである。どうやってみても、日本の地位と立場は大きくはない。このことをみんな分かる。だからここで鬱屈《うつくつ》する。

たとえば、インド・チャイナ＝インド支那（Indo-China）という地理概念がある。まさしくインドシナ半島《ペニンシュラ》のことである。ここは、考えてみればハッと分かることだが、インド（人）と中国（人）が、混ざり合った地域である。だから「インド・チャイナ」でインドシナなのだ。西欧基準の地理学《ジオグラフィー》（あるいは人文《じんぶん》地理学）の観点から見れば、当然そうなる。実際に、人種的にもこの地域《リージョン》の人々はインド人と中国人の混合種である。西のビルマ（ミャンマー）人から始まって、マレー人、タイ人、カンボジア人、ラオス人、ベトナム人というぐあいに、段々と中国人の要素が混じってゆく。だからインドシナなのだ。分かりますかな。

ついでに書くと、インドネシア人というのはマレー人（マレーシア人）と同人種である。植民地にした宗主国《そうしゅこく》（コロニアル・マスター）が、別々にオランダとイギリスであり、そのように占領統治されたからだ。マラヤ人（マレー人）は大きくはインド人の一種である。だから、ここで、私が「日本人は中国人の一種だ」と書いたのが、桐茂君らにはものすごく気に障《さわ》るのだ。

岡田英弘がまず誰よりも、「そもそも中国人なんか存在しない。ほとんどは、北方の遊牧民族系の人々が各時代に押し寄せて混ざってしまったのだ」という理論を立てた。これで、日本の中国研究者（儒教とか、東洋史の専門学者）たちが岡田に腹を立てた。そんなことを言われたら、自分たちの学問商売はあがったりだ、と感じたのだろう。だから日本の東洋学（中国学）とりわけ東洋史学界から岡田先生は追放処分にされた。今、奥様になっておられる宮脇順子氏だけが、岡田英弘の学統を継ぐ弟子だ。「岡田に習ったら、東洋史学界では食べて行けないようにしてやる」という脅しの世界だ。学界というのはこういう世界です。どこの学界（学会）もそうだ。

「中国（は立派な儒教の国だ）学」の、加地伸行《かじのぶゆき》たちが岡田英弘を煙たがって対立し続けた。ところが今では、実は、若手の日本史学者たちがみんな岡田の本を隠れて読んでいる。古代史学者も、中世史学者も。ところがそのことをみんなおくびにも出さない。参考文献としても挙げない。そういう連中なのだ。「岡田は東洋史であって、自分たち日本史学とはちがうから」ということを理由にして。邪馬台国《やばだいこく》論争などの大和朝廷の所在地研究では、岡田説はもはや無視できなくなっている。

岡田は、『日本史の誕生』（弓立社《ゆだちしゃ》刊、一九九四年）のなかで、「邪馬台国は今の下関に在った」と書いた。下関（馬関《ばかん》、赤間港《あかまこう》）が、日本の本州で大陸に一番近い場所であり、天然の良港であるからだ。邪馬台国は下関だ。自然に考えればそうなる。そして、そこには、中国の黄布《こうきん》の乱《らん》のころの五斗米道《ごとべいどう》という道教の一種を信仰していた中国人の一部族が、卑弥呼という女王を中心にコロニーを作って暮らしていた、としている。これが本当だろう。その他もろもろだ。

私が「核爆弾」と呼ぶひと

中国人、という言葉がそんなに気に入らなければ、他の言葉でもかまわないのだ。学問上のある大きな事象を説明するためには、学問的な言葉（概念）を使わなくては済まない。それが「日本人も中国人の一種だ」では、今の政治〝外交〟国際関係上あまりにも日本国として具合が悪い、ということであれば、私だって、何か他の言葉で置き換えてもらってもかまわない。

私だって、自分の弟子を自認する者たちまでを含めて、脅《おび》えさせるような言葉使いをして、理解者を故意に減らしたいとは思わない。無難に「東アジア人」でもいいのだ。なんとか世界基準の学問を裏切らないで、Chinese《チャイニーズ》（中国人）に相当する大きな言葉が他にもあるのならそれでいい。あったら出してほしい。

桐茂君は、中国の冊封《さくほう》体制に入る周辺の属国群の人間たちまでが中国人だ、その外側は「化外《けがい》の民《たみ》」であるから中国人ではない、という学説を、苦し紛れに誰かから仕込んで、書いて来ている。そしてどの理論に立ってみても、自分たちが分《ぶ》が悪い。自説を突き詰めれば、どうやっても破綻するということに、実は気づいている。

だから、副島隆彦に逆らいたいのだがそれをやる度胸が無い、からではなくて、自分自身の学問根拠と正当化が見つからない。だから弱々しくしか書けない。他の知識人たち程度なら誤魔化《ごまか》して強弁《きようべん》して言いくるめられかもしれないが、どうせ副島隆彦には通用しない、とあらかじめ分かっている。だから、もうこれ以上自分の脳（頭）を破壊されたくない。だからその前に逃げようという決心をしたのだろう。

この問題の簡単で大きな真実を、ひとつ教えておこう。桐茂君はどんなにもがいても自分の立論そのものが自分に向かって倒れかかってくるように感じる。それは、私たちの使っているこの日本語《にほんご》（日本言語）自体が、実は、中国語（漢字）の崩れたものであり、その一種であるからだ。この大きな、黄河・揚子江文明、すなわち漢字（中国文）文化圏の枠組みから、私たちが逃れようがないからだ。この明白な事実を言うと、皆、凍《こお》りつく。

中国人とは何かということについて、もうすこし、話をひろげよう。前述したが今の中国人自身が、実は、この問題で傷ついている。「自分たち中国人というのは、実は、北方の遊牧民とのひどい混血だ」ということに気づいている。

例えば、北京《ペキン》は、実は、モンゴルが作った都市だ。このことははっきりしている。モンゴルの冬の都（大都《たいと》）として始めにつくられたものだからだ。唐の長安（シーアン）だって怪しいものだ。唐帝国も胡人《こじん》（遊牧民）の王朝だ。だからこの事実の指摘に遭《あ》うと、私の通訳をしてくれた中国人が、しどろもどろになった。しかも、元（モンゴル帝国）を倒して継いだ明《みん》のあとにはまた清《しん》という、これまた満州族（女真族《じょしん》、ツングース）の部族が長く中国を支配した。

岡田英弘は何でも知っている。だから日本の学者たちがものすごく怖がるのだ。岡田先生は、「アルタイック・スタディース」（Altyic studies）、アルタイ語族学会という全世界横断的な学会の日本の代表であり正式のメンバーだ。この国際学会は、西はフィンランドから、ハンガリー（マジャール人）、トルコ人、ウズベク人、ウイグル人、モンゴル人、チベット人、満州人、朝鮮人、日本人などを幅広く含むユーラシア大陸の広大な草原の民を学問的にひとまとめにした壮大な学会である。人間（人類）についての大きな事実を掘り当てようとする世界各国の本物の学者たちの集まりである。私が、自分の先生、と呼ぶ人がどれぐらいの核爆弾かを、私が測定していないはずがない。この問題は、もうこれぐらいにしましょう。

［二〇〇〇年一二月一日記］

私のテレビ戦略

私は新春の朝のテレビ討論番組に出ることになりました。日本テレビ系で朝の八時から九時半までやっているやつで、桂文珍氏が司会者を務める番組です。まさか新春お笑い番組じゃないだろうね。私はどうせたいしてしゃべりません。

舛添要一とか小林良彰とかに睨み付けられて、どうせたいしてしゃべる時間はないだろうから、ボケッと座っていることでしょう。他にやることが無いからあいづちでも打つか。私の場合の最高戦略はおそらく、「何にもしゃべらないこと」です。今の日本で、私が取るべき態度は黙っていることです。黙っていたとしても他のパネラーの連中は、どうせ私のことを怖がるだろう。

彼らは馬鹿じゃないし、ご同業のプロのもの書きですから、すばやく最先端知識や情報を取り込む能力がある。ウェブ・サイトに集まる人間たちのように、どこかで公開された情報の回し読みでノロノロしているようなことはありません。

テレビ局の人間なんてこんなものだ

しばらく前にＮＨＫのディレクターから電話があって、「いろいろお教えいただきたいことがある」と言われたことがある。何だかよくしゃべる人だった。それで分かったのだが、ＮＨＫのある番組の構成すべてが私の本の内容で出来ていたようだ。ＮＨＫとしては、副島隆彦はとても起用できない、という上のほうの判断があって、そのことの板挟みになって、そのディレクターが良心の呵責《かしゃく》に堪えかねて電話してきたらしいのだ。

こういうことは、この一〇年間でよくあったことだ。向こうが番組名と放送時間を名乗らなければ、私は普段テレビなんか見ないから分かるわけがない。

同じくＮＨＫで、「アメリカのイスラム系の黒人団体の政治運動についての番組を放送するから」とプロデューサーを名乗る人からも電話があって、よく聞いてみたら、私にインタヴューするのではなくて、既に番組は出来あがっている、というのだ。

そこで、私が「私の本を読んで参考にして番組を作ったから私の許可がほしい、ということか」と問いただしたら、ごもごもと訳の分からないことを言い出した。

「私の本を読んだのでしょう？」と私が問いただしたら、「読みました」「いつですか？」「一週間ぐらい前です」「どこで見つけたんですか？」とたたみ掛けたら、「渋谷の書店で買って読みました」と答えた。「そんな辻褄《つじつま》の合わないことを言うな」と私が怒鳴ったら、如何《いか》にもふくれ出して、声の調子がふてくされ出した。「もういいです」とか言いながら電話を切ろうとする。名前と所属だけはちゃんと私は白状させて書き留めてある。

そういう一〇年間だ。「副島をテレビで（少なくとも全国放送では）使うな」という合意のようなものが東京の四大キー局にはあるそうだ。複数のテレビ局関係者から聞いている。まあいいさ。日本がもっともっと追い詰められれば、どうせ私を担ぎ出して、「日本は、どうしたらいいのでしょうか」と私に聞き始めるだろう。だから私は簡単には教えてやらないということに決めている。わざと黙って、じっとしていようと思う。テレビなんかで私の能力が消費されてたまるか。

私の本を五冊、一〇冊と読んだだけの者たちに、私は何の遠慮もおもねりも無い。勝手にそれぞれ生きていけばいい。私の本からペロペロとたくさんの知識、情報を泥棒することを器用にやっているだけの連中だ。世界で通用する政治思想の全体像を分かって正確に盗む力がないから、それで足元がフラフラして自信は全くないのだ。

業界はみな同じようなもの

彼らテレビ人間たちは、自分がどんどん使いつぶされてゆくことに、半分ぐらいは自覚があるのだろう。テレビの報道系番組を編成・制作している人々は、大半は、元々は系列親会社である五大新聞社の記者あがりの人々だろう。報道・政治ものの番組を裏方で支えて、実質的に切り盛りしているのは新聞紙面を実際に三〇年も作って、かつ自分でも若い頃から報道記事を書いてきたような人たちだ。

だからこの人々は、老練な新聞記者あがりの人たちなのだ。彼らから見たら学者や評論家というのは、自分たちが制作・編成する番組や記事の「構成要素」でしかない。彼ら新聞記者あがりの元政治部記者（政治家の番記者《ばんきしや》から始まる）、社会部記者（警察《サツ》回りが主）、経済部記者（経営者、財界人と付き合う）たちが裏方となって、番組の表面を作っている。

ディレクターとかを名乗るひとたちよりも、この新聞社からの出向組の方が本当は、実力があるだろう。私の分析では彼らは、たとえば音楽界で言えば「スタジオ・ミュージシャン」に相当するだろう。

スタジオ・ミュージシャンたちは、日雇いの自由業（自営業者《セルフ・エンプロイド》）である。小室哲哉などもこのスタジオ・ミュージシャン出身である。坂本龍一もたしかそうだ。だからきちんと楽器が弾けるのだ。若い頃はアイドルや往年の芸能人歌手たちの後ろのバンドで演奏していた。だから楽器の操作の腕前は物凄い。

彼らスタジオ・ミュージシャンは、たとえば、アイドル歌手のレコーディングがある日に、スタジオに集まって、会って始めの一〇分間で譜面を見て全員が音を合わせるという。

彼らの前で歌っているアイドルは、楽譜と音符が正確に読めるかどうか分からないような人たちだ。スタジオ・ミュージシャンたちは、日当一〇万円とかでその日集まってそれで解散してゆく。彼らも若い頃は、自分の名前で勝負するミュージシャンになろうとしたのだろう。が、楽器の演奏力と音楽の知識だけでは、芸能人としては立ってゆけない。そこで一歩ひいて、裏方の楽器演奏家になってゆく。

新聞社やテレビ局の報道番組の制作・編成の専門家たちというのもそういう人たちだ。私は彼らが社員としてアノニマス、匿名であることを一番畏怖《いふ》する。彼らの目利《めき》きにあって、彼らから自分の本の中味をどれぐらい吟味されただろうか、が気になる。

だから、アイドルやお笑い芸能人化してしまった学者文化人たちの頭など、一〇年前に擦り切れて、脳細胞が崩壊しているような連中だとよく分かっているからどうでもよい。私は相手にしない。

私はまだ現役《げんえき》のバリバリの知識・情報人間だから、目の前のそのひとが現役か、それとももう、降りてしまった人なのかの区別をまず付ける。

週刊誌のライター系もいっしょだ。新聞社系ではない、出版社系の週刊誌を作っている連中は、若手の社員だったり、嘱託（契約社員）だったり、フリーの雇われだったりする。アンカーマン（最後に記事にしてまとめて、副編集長から、OKを貰う人）ぐらいになれば相当な筆力である。週刊紙のたったの三ページの記事にするために、三〇センチの厚さのデータをデータマンたちが集めてくる。

この間も私に『フライデー』の記者を名乗る女から、「アメリカの大統領になるブッシュの若い頃のおもしろい写真が手に入った。ついては、彼の若い頃のことについて教えて下さい」と問い合わせがあった。「いいですよ。ブッシュは、学生時代に、〝ワイルド・ブッシュ〟（飲んだくれブッシュ）と呼ばれていて、アル中だったし麻薬もやっていたんだ」以下のことをあれこれ教えてやった。ところが、その号の発売前日になって、「ごめんなさーい。ブッシュを直接知っているという人物から話が聞けましたから」という失礼な電話があった。私に謝礼の五万円とかを払うのが、編集部としてもったいないと思ったのか。あるいはもっと何かの判断が働いたのだろう。

　そう言えば、かつて朝日新聞社の『AERA《アエラ》』の編集部の女で、インタヴューのついでにやたらと私の写真だけをたくさん撮っていった女がいた。朝日新聞社内のブラックリストの中に、私を「クレジット」したのだろう。こういうふざけた連中だ。

　知識・情報泥棒が当たり前の連中だ。中国のWTO《ダブリューティオウ》加盟問題で、中国国内でも偽ブランド品や海賊テープの取締りがうるさくなって、中国の警察が摘発して回っているという。そうしないとアメリカから「最恵国待遇」（モウスト・フェイヴァード・ネイション）を受けられないからで、中国は対米貿易の制限の締め付けにあっている。

　週刊誌の編集部やアンカーマン・クラスや、テレビ局の編成マンたちが、密かにひとりひとりがコソコソと私の本を読むから、私の評価は自然に上がる。しかし、実際に私にインタヴューに来るのは鉄砲玉《てっぽうだま》の各誌の「一〇〇円ライター」たちだ。彼ら以外は私にはあまり寄って来ない。

アイドル、お笑いを見て分かったこと

新春お笑い番組を見ていたら、さすがにたけしもタモリも司会者の地位から降ろされたようだ。本人たちももう流石《さすが》にいやになって、二〇年もこんなことをやっていたら、くたびれたのだろう。

若い漫才師たちもコントをきちんとこなす力もなくして、さっさと司会業のほうへ転身するのが多い。力技《ちからわざ》でお笑い芸を持続的に披露しつづけるほどの芸人はいなくなった。

鈴木あみと浜崎あゆみが一番光っていた。紅白で初めて鈴木あみの〝パラパラ〟のリズムの曲を見たときは分からなかったが、その後三回見たら、そうか、これが今一番うけているのだなあ、と分かった。

「開けお目《アケオメ》」とか「ことよろ」というコトバは「メリクリ」の続きだろうから、初めて聞いても驚かなかった。私はまだ現役で大学で教えているから、一〇代の終わりのガキたちの脳みその中味が半分ぐらいは分かる。が、そう自分で思い込んでいるだけかも知れない。

モーニング娘。の歌は、「ハイ、ハイ」とか言うような「おはやし」か、あるいは「合いの手」が入るから、あれは、日本の幕末ごろから流行し始めたお囃子《はやし》や盆踊《ぼんおど》りの系統の踊りとリズムだ。「お伊勢詣《まい》り」系統の「ええじゃないか」の狂い踊りの遺伝子だろう。

手の動きと腰の振り方は、今の八〇歳のおばあさんたちに踊らせても全く同じくねりをするだろう。

いやー、みんな日本人だなあ。良かったなあ、結局、みんなで「邦楽鑑賞」になってしまって。

「スピード」から分かれて独り立ちした娘たちも、安室奈美恵《あむろなみえ》も突き詰めると、琉球沖縄系のリズムを保存している。エイサーの感じが出ている。

安室やスピードらアクターズ・プロダクションなど、沖縄系になぜ美人が多いか。その代表は仲間由紀恵《なかまゆきえ》である。仲間が、日本の美女の顔の突き詰めた美しさだと思う人が多いだろう。たしかに仲間の顔は能面のように美しい。しかし、ここにはもっと隠された真実があるのだ。なぜ沖縄人の仲間由紀恵が一番の美人か?

それは一六世紀に台湾（美しい島、Fomosa Island《フォモサ・アイランド》と今でも呼ばれる）を支配したポルトガル人たちの一部が沖縄本島の南の糸満《いとまん》地方にも定住した。そして現地人の女たちと交配した。だから糸満にポルトガル人系との混血が始まって、そして出来たのがあの美しい顔立ちなのだ。

サザンオールスターズの桑田圭佑の「こぶし」の利いた歌い方は、和製ポップスを通り越して、古賀政男メロディである演歌も通り越して、まさしく「謡《うた》い」か「唄《うた》い」の世界だなあ。

「新内流し《しんないながし》」という江戸後期に流行《はや》った長棹《ながさお》の三味線に着流しの粋《いき》なお兄さんの、弾き語りがあった。それとそっくりなギター弾きたちがたくさん出ていたから、ここにも伝統は生きている。

一番控えめでまじめそうだったのは、「スマスマ」のＳＭＡＰ《スマップ》の五人組で、彼らが一番深刻そうな表情をしていた。今の不景気で、将来の不安につつまれている若者・学生たちの感じは、ＳＭＡＰのあの仲間割れして互いに口も利きたくないのに、いっしょに踊っています、という感じによく表れていた。よっぽどジャニーズ事務所と各自が険悪な関係になっているのだろう。

私としては、藤原紀香《ふじわらのりか》に紅白の司会をやってほしかったなあ。バーニングの周防郁雄《すほういくお》がＮＨＫと交渉したが、上の方の政治判断でつぶされたらしい。

ＮＨＫの会長というのは、政治部記者あがりが勤めることになっている。いまの海老沢《えびさわ》勝二《かつじ》会長は、竹下登《たけしたのぼる》の番記者以来の人である。藤原紀香では、旧日本テレコム（Ｊフォン、ボーダフォンやがてソフトバンクになった）の色が出過ぎて、ＮＴＴドコモとの関係でまずいのだろうか。

生まれながらの士大夫（マンダリン）

自分でも何を書いているか分からなくなってきた。持病の気管支炎対策でいつも飲んでいるパブロンを飲み過ぎて、頭が朦朧《もうろう》としてきたせいかも知れない。

大正製薬のパブロンに含まれている塩化リゾチームとか、塩酸ブロムヘキシンとかいう消炎酵素剤《しょうえんこうそざい》というのは、一〇年前は医者の処方箋無しでは手に入らなかった危ない薬だ。これには幻覚促進効果がかすかにある。そうではないのですか、医者の皆さん。

私は二〇年前にお茶の水の東京医科歯科大で「気管支炎がひどくて」と医者の診察を受けたら、「患者が病名を言うんじゃない」と叱られた。そのうえで「どうしたらいいんですか」と聞いたら「空気のいい所に引っ越しなさい」と言われた。

私はそのとき激しくその医者を憎んで、「勤め先の仕事があるのに、簡単に引っ越しなんか出来るわけがないでしょう」と反論した。それでおしまいだった。どんな専門家もこれ以上のことは言えないし、他人のことなど知ったことではない。私は、なるべく誰にも頼らない。世話にもなりたくない。

私はそれぞれの分野の専門家たちから業界機密を聞き出して、それらを相互につなぐことを自分の専門にしている。私はそういう特殊な専門家なのである。

日本人はもう、「景気がよくなりますように」という言葉を吐かなくなった。黙ってしんみりと、テレビを観るか、疲れを癒《いや》すための寝正月をやっている。

なんとか食べて行くことはできる。これ以上の不況さえ来なければ何とか生きてゆくことはできると静かにしている。近未来に何の明るさもない。それでいい、と感じているようだ。毎日の日常をただ淡々と生きているという感じだ。私はそういうことを自分の肌で感じ取ることができる。それは私が生まれながらの日本の士大夫《したいぶ》（マンダリン）だからだろう。

そこでだ。私は今年は、徹底的にとぼけたことを言うぞ。ひとつだけ、ヒントを出しておきます。

「空母《くうぼ》副島は、九〇度、左《ひだり》急旋回をやる。艦載機を二〇機ぐらい海に振り落としてしまうかも知れないが、しっかり掴まっている者は大丈夫だ」

やっぱり、私が一番元気だ。パブロン（大正製薬）の飲み過ぎによる限界覚醒剤効果のせいではないだろうなあ。

［二〇〇一年一月五日記］

私、副島隆彦の身を案じてくださる方へ

私は最近、「副島隆彦の身は大丈夫なのか」と、言われることが大変多くなった。先日も講演会の後で、その人は高齢で地方の偉い人でしたが、「副島さん。銃殺隊《じゆうさつたい》が来るから、気をつけなさいよ」と言われました。

銃殺隊、というのは何だろう、と少し考えたら、どうも戦前の憲兵隊（軍隊の中の警察・検察機構）の中にそういうのがあったようだ。ヨーロッパの古い映画にも、そういう銃殺隊というのが出てくる。

戦前の特高《とつこう》警察（思想警察、ソート・ポリス thought police）よりも憲兵隊の方が怖かった。思想犯たちを捕まえては、拷問にかけて殺したという。特高の連中が、「逃げろ、憲兵隊が来るぞ」と教えてくれることがあったと、確か戦前の共産主義者たちの記録にあった。

ちなみに、特高警察、特別高等警察官というのは、戦前の警察の中のエリートたちで、旧内務省《ないむしよう》（インテリア・ミニストリー innterior ministry 今の総務省がどうもそうなりつつある）

の官僚でもあった。彼らは日本の敗戦直後に、全ての書類を燃やして逃亡した。彼らは過去の身分を隠し、それでその後どうなったかというと、田舎の町長さんとかになったらしい。もともと優秀な人たちだから、そういう転身が出来たのだろう。あるいは、旧興銀《こうぎん》系の民族資本の、日本曹達《ソーダ》などの化学会社の民間企業の社長になったようだ。

さて、現代の銃殺隊というのは、CIAの秘密捜査官たちのことだろう。外国でも、外交官の登録無しで、ジャーナリストとかの職業名で、日本に入国している連中だ。NOC《エヌオウシイ》、ノン・オフィシアル・カヴァード（Non Official Covered）といって、たとえ彼らの身に何かあっても外交ルートでアメリカ政府が助けてくれることはあらかじめ無いことになっている。そういう非公然の情報収集人間や、破壊工作員のことだろう。

今のところは、私はまだ彼らに相手にされていないので、大丈夫だと判断している。副島隆彦はまだ社会的影響力が無い。でも、そのうち、どうなるか分からない。注意だけは怠り無くしなければならないと思っている。

私は裏切り者ではない

人間をひとり政治的に暗殺する、というのは、実行する方にとっても大変なことだろう。いろいろな手続きが必要だろうし、先々の責任問題が生じる。だから、私程度では、対象にならない。

なぜかと言うと、私は、「ディフェクター」(defector)、即ち組織の裏切り者ではないからだ。組織の裏切り者は危険だ。裏切り者や組織の脱落者は、自分がかつて所属した組織・団体の秘密や、かつての仲間たちの情報をたくさん持っている。長年にわたっていろいろな内部のことを知っている。それを外部に漏らす人は、元の組織からものすごく嫌われるから、暗殺の対象になる。だが私は、これまでにどんな組織にも属したことがない。裏切り者でもないので、だから大丈夫です。

それに、私は、アメリカのグローバリスト(globalists 地球支配主義者)と呼ばれる人たちの裏の裏まで知っているわけではない。アメリカ国内で公然と流れている情報を受けとめて、それらを私なりに推理して分析し直して、その上で、日本国内に「知識・思想・学問研究」として発表しているだけだ。

私は、根拠の無いことは書かない。しっかりした情報源のニューズ記事とかの出典根拠を必ずつける。だから、私、副島隆彦を、他のいわゆる「陰謀論者」と呼ばれる人たちといっしょくたにして、トンデモ人間としてひとくくりにしたいのだろうが、それは出来ない。

私の本を一冊でも読むと、読んだ人が、脳にズシンと堪《こた》えて、それで黙ってしまうようだ。それで拙本を読むことをやめてしまえばいいのに、更に、二冊、三冊と読んでしまう。そのあと、二、三年たってから、それまで「副島隆彦なんて、いい加減なことを書いているやつだぜ」と周りに放言していた人ほど、ある時、深刻に考え込む。やがて私の本を、真に恐る恐る読むようになる。

「暴き系」としての「事実の奪い合い」

　そうやって、私の本の読者たちがいて、今の私の立場がある。私は常に「大きな枠組みの中の真実しか信じない」と決めている。そのように常に公言している。そのことが真実である、という確証と確信が生まれたら私はそのように書く。日本国内の世間一般でゲテモノ扱いされたり、変人扱いされたり、通りが悪くなっても、そんなことは一切気にしない。真実は、暴き立てるものだ。誰かが意を決して、本気になって、孤立と迫害をものともせず、それこそ命を賭《と》して、暴き立てるべきだ。

　この意味で、私は、死ぬまで、諸事実（ファクト facts）から組み立てられた、より真実（トゥルース truth）らしいことしか信じない。このことにおいては一切の躊躇《ちゅうちょ》をしない。たとえ、それまで自分が信じ込んできたこと、よりも、より確からしいことが目の前に出現したり、あるいは、ある人物が本気になって自説を必死で唱えているときは、その人が自分勝手な狂信の人でないと私なりの判断がつき、その主張が正しい、と判断すれば、その考えや、証明されつつある事実（facts）の方を選び取る。

　だから、私の近年の講演会で、私が、「ですから、私、副島隆彦は、今流行《はや》りの『癒《いや》し系』や、『和《なご》み系』や、『出会い系』ではなくて、『暴《あば》き系』です」と言うと、みんなゲラゲラ笑ってくれる。

最近、いやなのは、私が嫌っている愚かな言論人ども、即ち「ポチ・保守」たち自身が、「これは、疑いようも無い事実である」というような書き方をすることだ。不愉快になる。この「何が事実なのか」の「事実論争」を、そのうちに徹底的にやらなければならないと思っている。「より事実らしいことの、奪い合い」、これが、論争そのものでもある。論争の勝ち負けもこの「事実の奪い合い」にかかっている。

法律学あるいは裁判実務では、これを、「事実認定《じじつにんてい》の問題」と言う。本当は、法律学の実務場面は、ほとんどがこの事実認定の作業なのだ。法学理論なんか、日本ではいくらも教えないし、元々、そんなものは日本の大学の法学部にはない。それよりも犯罪事件（刑事裁判）や、争訟ごと（民事裁判）での事実認定が、ものすごく重要なのだ。本当は加害者のくせに、まるで自分が被害者である、という振りをし続ける人間というのがたくさんいるのである。事実認定をし誤ると、大変なことになる。裁判官たちはこのことが骨身に染《し》みている。原告（plaintiff《プレインティフ》）と被告（defendant《ディフェンデント》、刑事事件では「被告人《ひこくにん》」という）の双方の主張の中から、「本当の事実」を探し出すのが大変なことだ。これが近代法律学の中心にある「法律要件《ほうりつようけん》・効果論《こうかろん》」の重要な前提だ。これ以上はここでは書きません。

日本でも時々は起きる、言論人どうしの論争や言論戦では次のようになる。「それは、あなたの考えだろう。私とは相容《あいい》れない。では、さようなら」で、自分が受ける手傷や被害（ダメッジ damage）をなるべく少なくしてさっさと退却する。「イデオロギーの違いだ」と言えば、だいたいもうそれ以上は、やり合わないことになっている。こいう小心者が言論人には多い。公然と議論をして、あるいは土俵を作って討論させて、それで公の場で決着をつける、という近代社会のルールが、そもそも無い。

何か、テレビでワーワー言い合えば（あるいは、そのように仕組めれば）、それが論争だとなる。それで立派に議論したことにする。それでその問題について視聴者（国民）を上手《う》い具合に操《あやつ》ればいい、と思っている。こういう彼ら自身が、実は、大きく操られている哀れな連中だ。

哀れなり、産経新聞

本物の本当の保守（コンサーヴァティヴ）あるいは本物の民族派、愛国者だったら、自分の考えの弱点を指摘されたら、そこのところで真剣に考え込むべきだろう。日本のいわゆる保守派言論人というのは、八〇%ぐらいはアメリカに巧妙に洗脳されている人たちだ。だから、実際に会ってみると気弱で、貧弱な感じの人が多い。「でも、日本に原爆を落としたのは、アメリカじゃないか」という一言をいうと、知らん顔をする。とんでもないねじくれた性格をした人たちだ。根本的に臆病者の集団だ。

私は数年前まで誘いがあったのでこの連中を近くで見かけたり、出版記念のパーティ会場で話したりする機会があって良かったと思っている。今はもう顔も見たくない。向こうもそう思っているだろう。

馬鹿な奴らだ。朝日新聞の悪口ばっかり言っていれば、それで自分たちのことを、正義の人で、現実的で賢明で奥行きがあって、立派な日本人だと、信じ込めるらしいのだ。本当の民族派、本当の保守知識人だったら、今こそアメリカの傲慢《ごうまん》な日本支配とこそ闘おう、ということになるはずなのだが、そうはならない。こういう人たちが、最悪の日本人だ。売国奴どもだ。

産経新聞というのは、七〇歳代、八〇歳代の戦前派・戦中派の、愛国派の元気なおじいちゃんたちが読む新聞で、彼らは戦後の日本が共産主義化するのを阻止しようとした民族派の、あるいは、資本主義経済体制擁護の立場で頑張ってきた人たちだ。他面からは、「貧富の差はなくならないのだ。世の中は、もともと不平等なものなのだ。それがこの世の永遠の掟《おきて》なのだ」という思想だ。更に素朴な尊王《そんのう》思想も堅持している。

ところが産経新聞の上のほうにも、他の大新聞の幹部たちと同じようにやっぱりアメリカのグローバリストの魔の手が伸びて、それで、「日米は共に戦った戦友だ。いまでは固い友情で結ばれた同盟国だ」という変な変質を遂げている。上から丸ごと洗脳する、というやり方なのだろう。

そうやって、もともと素朴な天皇崇拝の民族派や、素朴な生活重視の保守派の人たちや、経済（＝商売）第一主義の経営者や大企業管理職ビジネスマンである者たちを巧妙に操るのだ。素朴な愛国主義は常に反米《はんべい》の雰囲気から始まる。それがいつの間にか、奇妙に変質して、なぜだか知らないうちに反中国・反北朝鮮の方へ持ってゆかれる。それで、日本を中国にぶつける、というアメリカの戦略に乗せられる。全ては大きく仕組まれている。そうではない、と私に反論できる人がいたら、出て来てもらおう。

私はこの件では、誰とでも渡り合おうと思う。誰か私に向かって疑問点の指摘や、戦端《せんたん》を開いてほしい。私は別に、副島隆彦の言論に盲従してくれとお願いしたことはないし、たとえ弟子たちであっても、私に稽古相撲《けいこずもう》を挑んで来る者があれば、いつでも相手をする。

今の産経の論調をここまでアメリカべったりにした責任者は、社長にまでなっている住《すみ》田良能《たよしただ》とその子分たちだ。彼らのせいで、本来、良心的な民族保守派と呼ばれてきた産経新聞が、ぐちゃぐちゃのおかしな論調になり果てたのである。なんとかしなければならない。

ナベツネ（渡邊恒雄）が支配する読売新聞は言うに及ばない。今の政治部長はナベツネの忠実な子分の赤座浩一《あかざこういち》である。中曽根康弘元首相と共にヘンリー・キッシンジャー派（アメリカ本国では〝ネルソン・ロックフェラー・リパブリカン〟と言われる）の日本の出店の人たちだ。アメリカのグローバリストの中ではネオコン派とは少し異なる元祖（旧式）ネオコン派とでも呼ぶべき系列に属する。この人たちの名前も私は折に触れて書いてきた。

そうか、こういうことを平気で書くから、やっぱり副島隆彦は危険な人間だ、ということになるのだろう。すこしは自重して、発言を謹んで、穏健になるべきなのか。

だが、そういうわけにはもういかないのだ。日本国に戦争の危機が近づいているから、私が日本国の言論業界で頑張るしかない。日本がアメリカの策略に乗せられて、再びの中国との戦争に引きずり込まれることだけはなんとしても阻止しなければならない。

私は、自分の運命を知っている。

私は、日本国が自己防衛機能として生んだ抗体ウイルスなのだ。グローバリスト(地球支配主義者)どもと対決するための、日本国防衛のために必然的に生まれた抗ウイルス抗体(アンチバイラス・アンチボディ anti-virus antibody)であると、かつても書いた。私が今、頑張って本当の真実を国中に広めないと、日本国民がひどい目に遭う。

[二〇〇一年一二月三一日記]

陰謀論との私の付き合い方

端的に日本で「陰謀論《いんぼうろん》」と総称されるものについて、私がどのように考えるか、を書いてみます。この問題は、微妙な問題です。今の日本の言論界で、「あいつは、陰謀論者だ」というレッテリ張り（レイベリング labeling）されたら、政治言論系のもの書きとしては、業界追放処分に等しいものです。

おそらく、私、副島隆彦の著作や評論文に対しても、反論が出来ないので、憎しみにかられて、「副島隆彦なんて陰謀論の一種だぜ」という言い方で、斬り捨てているのでしょう。私があまりに彼ら論敵の弱点を激しく突いてしまうからでしょう。

私の方も慎重になって、彼らの「言葉の罠《わな》」に嵌《は》まらないように、「副島隆彦は陰謀論者ではない。いわゆる陰謀論者には属さない」と公言し続けています。私はこの態度を一貫して変えません。そうしないと、私に対する悪意の中傷者たちに対して、「副島隆彦にも弱点がある」というような言質《げんち》を与えてしまうことになるからです。

私の言論には、今のところ弱点はありません。私の言論と思想解説の書物以上に、日本語で簡潔に書かれていて、分かりやすく日本の読書人階級に現在の世界基準《ワールド・ヴァリューズ》の知識を伝えている本は他にはないだろうと自負しています。この国程度の、学者、言論人、知識人程度が、私の本の内容について何か書いてきても、私は即座に反撃して叩きのめすでしょう。加えて、その人物の著作を解剖して、血祭りに挙げるでしょう。それは簡単なことです。この国、知識人層の全体としての学問レベルが、今の私には見下ろすように測定できるからです。

そのうち、私よりももっと優れた、本当に世界基準で知識と思想を語ることの出来る若い人間たちが出てきたら、そのときは、私が誰よりも早く認定するだろう。私はさっさと彼らに席を譲るだろう。このことも自明のことです。

盗文され剽窃される私

私は、投稿文を細かく読んで、周到に対応しなければいけません。私は、馬野周二《うまのしゅうじ》氏の本は、これまでにほとんど読んだことがありません。新聞冊子のような評論文は何本か読んだことがあります。既にご高齢のようですから、私との接点はこの先も無いだろうと思います。きっと馬野氏が指摘していたような動きが日本の政界や財界の裏側であっただろうということは推測できます。

中丸薫《なかまるかおる》女史については不愉快だ。あとで少し言及します。マイケル・ハドソンの『超帝国主義国家アメリカの内幕』（徳間書店刊）という最近の著作については知りません。この書名のつけ方からして、私、副島隆彦の影響が既に大きく出ているなあと思います。日本の出版社が、売らんかなの精神でそのように付けただけだ、ということもあるでしょう。それにしても、最近のこの手の本の題名のつけ方や、構成の仕方は、私の本に実によく似ています。マイケル・ハドソンという人はアメリカの金融・経済の大崩壊をまじめに研究しているアメリカの優れた左翼言論人だと思います。

上記の中丸薫女史の本の中の一節は、どう考えても、私の本の影響がにじみ出ています。私が本に書いたことは、どんどん、他の著者たちに利用されてゆきます。これは防ぎようのないことです。私が書いたことが、粗悪《そあく》に改変されて、びっくりするような粗雑な理論となって、「こういうことを副島隆彦が書いている」というふうになって、一人歩きして、喧伝《けんでん》されることもある。既にそうなっているでしょう。私の目に触れることがないところで、そういうものが出回っていると最近、聞くことがある。困ったことです。そのたびに逐一、抗議の意思表示を可能な限りすることが大事です。

「盗文・剽窃《ひょうせつ》したら見つけ次第、指摘する」という私の態度をはっきりさせておくということは大事なことだと思っています。プレイジアリズム（plagialism 盗文・剽窃）は欧米世界では犯罪ですから、これはそれなりに効き目があるようです。

私は『属国・日本論』を石原慎太郎とその子分たちに泥棒されそうになったときに、懸命に名指しして闘いました。そのせいで、彼らも辟易《へきえき》して、その後、業界で、「属国」概念を使うときには、業界人のみんなに気まずい感じが出ている。副島隆彦から何か言われはしないか、ということで、遠慮する傾向があるようです。こうやって私は、自分の〝言論ブランド〟を守ることに、一定程度、成功しました。

私のことを「他の言論人を泥棒呼ばわりする副島隆彦」と言って、腐《くさ》した者たちがいたようですが、彼らなりにやはり後ろめたかったからでしょう。私は、自分の〝属国ブランド〟を守り通した、と思っています。私がしおらしくして控えめな態度で気前よく誰にでも自分の文章を自由に使わせるという態度に出なかった。そのために、日本における「帝国－属国理論」は、悪質に改竄《かいざん》、変造されて流布《るふ》(流通)することを防止できました。言論業界人で、属国論を言い出したかったら、どうしても私の本を買って読む必要を感じるようになったからです。私は、このように自分の権益を守りました。

私の本も売り物であり、書店に並んでしまえば、どうということはない活字商品にすぎません。書いてある中身はみんなのもの(公共財産、public property《パブリック・プロパティ》)になってしまいます。それでも、私の考え(理論)が他の人の本の中に無断で薄くどんどん取り込まれてゆくことは阻止しなければいけない。私のこの硬い態度のせいで「帝国－属国理論」が世の中に広まらない、という非難も聞こえました。しかし私はそういう考えも撃退します。

これは、言論商売人としての自分の言論権益を守れるか否かの問題です。ですから、甘い考えをして、「自分と同じような考えをしている人がいる。仲間だ。よかった。ありがたい」などとは、少しも考えません。その反対に、「その考えは、誰が初めに言い出したのですか。どこに初めて書かれたのですか。出典を明らかにして下さい」と要求します。ここはいい加減に出来ないのです。

私の本の熱心な読者の中にさえ、この態度について甘い考えをしている者がいる。「中丸薫の以下の文章は、副島先生の主張と大きな線で同じではないですか」という書き方をしてきますが、この点については、中丸氏と私の本の発売時期を調べた上で、さらに詳しく、私の本と並べて逐一調査してもらおう。これらの作業を細かくやっていただきたい。

「陰謀」ではない、「共同謀議」だ

私は、欧米の各流派の政治思想の研究者なので、政治評論文であってもいわゆる陰謀論者たちの、いい加減な、根拠を示せない、幼稚な書き方を腹の底から軽蔑しています。近代学問（サイエンス）の大枠に従っていない文章は軽蔑に値する。自分の知識の枠組みをしっかり作ってから、数百冊の西欧政治学の古典（クラシックス classics）を読んで、きちんとやろうとする姿勢がない人の書くものは、どうせレベルの低い本です。個々の情報と確からしい事実の指摘しか拾い上げるものがありません。その程度のものとして、私は、日本国内に出回っているいわゆる陰謀論者たちの本を扱っています。

私自身は、それらの本を読む暇もないから、これからも相手にしません。どうせ読むなら、アメリカのコンスピラシー・セオリスト（conspiracy theorists）たちの著作に直接当たって調べますから、別に日本国内の粗悪な改竄本《かいざんぼん》を読む必要は全くありません。陰謀理論でさえ輸入学問の一種なのです。ちなみに、conspiracy《コンスピラシー》というのは刑法学でいう「共同謀議《きょうどうぼうぎ》」あるいは、「共謀共同正犯《きょうぼうきょうどうせいはん》」のことですから、今後は、「陰謀」などという変な言葉を使うのをやめて、悪辣《あくらつ》な世界権力者たちによる共同謀議《コンスピラシー》は有るし、有るに決まっているのだから、「共同謀議」という言葉を大切にして私たちは多用すべきだと思います。

この他にもう一つ、指摘すべき問題があります。読み手（読者）の側の知的水準という、強固な岩盤のような問題が横たわっています。読者に一冊の政治評論本をきちんと読み通せる能力があることが前提です。これがないとどうにもならないのです。この問題が重要です。私の本にいくら真実が書いてあるとしても、それを受け取る側に、読んでピンと来て理解する能力がなければどうにもならない。それでおしまいです。私の本が、文芸書（大衆小説）のように馬鹿売れする、ということはありません。

それでも、いわゆる有名言論人たちの本よりは、私の本の方が実際上はよく売れています。私の本を含めて、難しい内容の政治評論本を買って楽しんで読めるという人は、一般大衆ではない。すでにその一人一人が、読書知識人階級《ブック・リーディング・クラス》に属する人々です。その数はこの国で三〇万人ぐらいではないか。その「ものごとの目利《めき》きが出来る」読者たちを目当てに、言論人たちが自分の本を買わせようとして、単行本市場で競争しているのです。ですから、ここでも「客の奪い合い」は熾烈《しれつ》です。

この評論本の書店市場では、おそらく私が日本で一番、優れた敏感な読者層を獲得しつつあります。この勢いはしばらくは止まらないでしょう。まさしく燎原《りょうげん》の火のように日本全国で売れるようになっています。海外のニューヨークやら、香港、シンガポールやらの日本書店《ジャパン・ブックショップ》でも同じです。だから私のことを嫌う、アメリカのグローバリストの手先になっている日本の言論人たちは、「この客層の奪い合い」を副島隆彦とやることになるので、それで、さらに怒りがこみ上げてくる。副島隆彦に読者を奪われて、「自分の商売があがったり」になることが恐ろしいのです。

もともと知能が足りないくせに、「日本（男児）が世界を救う」というような、元気づけ景気づけだけの、みんなにとって耳ざわりの良いことを書いて、それにどこかから泥棒してきた知識を適当に混ぜくって、いい風に書き流せば、それで自分もいっぱしの職業言論人になれたと思っている。この馬鹿たちを、私は今後も蹴散らしてゆくだろう。今後も彼らの読者（お客）となっている者たちを、商品の価値と質の点から、私がどんどん奪い取ってゆくだろう。そうすると彼らに残るのは、いよいよ私、副島隆彦への憎しみ、ということになる。

サイエンティストと衒学者

中丸薫さんという人は、京都の古い家柄の、貴族（公家《くげ》）の中でも、新興貴族ではない、藤原摂関家《ふじわらせっかんけ》（五摂家《ごせっけ》）でもない中級公家である中山大納言《だいなごん》家の家系につながる人だと思う。実のお父さんの堀川辰吉郎《ほりかわたつきちろう》氏という人が、そうだろう。日本の幕末・明治初期に成立した新興宗教はこの中山家が主宰していた古神道《こしんとう》や、南朝皇統正統説の類を基《もと》にしている。だから、孝明《こうめい》天皇が宮中で一八六六年一二月二五日に暗殺された。その息子（皇位継承者）が大室寅之祐《おおむろとらのすけ》（この人が明治天皇になった）に取り替えられなければ、中丸女史は天皇家の血筋だと名乗ってもいいのだろう。だが、そういうわけには実際上いかない。

それ以上のことは、私には分からない。中丸薫さんが、独自の見解をもって日本国内に警鐘を鳴らすことは彼女の自由である。かつ世界中の有力者との記念写真でのデモンストレーションもそれなりに説得力があるだろう。

私は、こんな人々とヘンな関わりになりたくない。私は、政治思想（ポリティカル・ソート political thoughts）の研究家であって、カルト（cult 新興宗教）の研究家ではありません。ちなみに、オカルト（occult）というのは、簡単に言い換えると黒魔術《くろまじゅつ》（black magic《ブラック・マジック》）のことです。カルトとオカルトは異なる。オカルトはoccult science《オカルト サイエンス》とも言って、アイザック・ニュートンも終生入れ揚げた錬金《れんきん》術（alchemy アルケミー）などもこのオカルト・サイエンスに含まれます。今日は、これ以上は説明しません。

ですから、私、副島隆彦は、事実（ファクト facts）であると思われることを明確に、文献上の証拠（evidence《エビデンス》）と共に出典、典拠《てんきょ》をはっきりと明示した上で書きます。これ以外のいい加減な書き方はしません。自分の立論が怪しくなると、訳の分からない宗教的な言辞や、衒学《げんがく》的な奥深さ、に逃げ込むこともしません。宇宙人がいる、などと書く馬鹿たちは論外です。

私がいわゆる陰謀論者を否定するのは、この点です。私はサイエンティスト（scientist近代学問主義者）ですから、厳格により事実らしきことしか信じません。たとえその事実が、私が従来書いて来たものを大きく裏切ることがあるときにも、私は一切ひるみません。そのときは、私は自分の考えを潔く改めます。そこで「考えが変わった」と明言します。そしてそれまでの自分の愚かだった考えを明示した上で、それを明確に否定します。自分が知らなかった真実を教えてくれた人に感謝すると書きます。そしてより真実であると思われることの方を信じる、と書きます。

私は、出典を必ず書きます。ここが日本の言論人たちと違うところです。かれらは「原住民のまじない師たち」ですから、出典、典拠を明らかにする、ということをしません。まるで自分が初めて発案した考えのように書きます。人のアイデアや創見を盗んで、改作して、変造して、書いて平気な人間たちです。恥を知るべきだ。この言論泥棒癖は、日本という文明の周辺国である属国の知識人として、一千年の間身に染《し》みている習性ですから、ちょっとぐらいのことではどうにもならない面があります。

それで、自分たちだけで勝手に立派で優秀な「すばらしい日本民族」という虚構を、虚勢をはって言い張りたい愚かな保守言論人たちの群れとなっています。私の破壊的な言論のおかげで、最近は「幕末明治期の立派な日本人指導者たち」というのを書く人も、めっきり減りました。

盗文・剽窃（プレイジアリズム）は、知識人として一番恥ずべきことなのだ、ということを、今こそ日本でも、当然のこととして確立しなければならない。欧米では、中学・高校生でも授業中に、「他の人からの盗文・剽窃は絶対にしません」と宣誓をさせられるのです。本当です。このことを、日本人は誰も知らない。書いて国内に伝えない。〝異色大蔵官僚〟だった岸本周平《きしもとしゅうへい》氏が、『中年英語組』（集英社新書、二〇〇〇年）で詳しく書いています。在外研究留学に連れていった自分の子どもが、アメリカの公立学校で習ったこととして、きわめて正直に書いている。

その反対に、人の業績に対しては、嫉妬とねたみ根性を持たずにみんなではっきりと認めなければならない。属国知識人には、世界で通用する優れた理論や言論を生み出すことは難しいことなのだが、それでも、これとこれは日本独自のものであって、誰々の業績である、と一般評論業界であっても皆で、そろそろ確立しなければならないのです。

私は、いわゆる陰謀論がどのような評価を受けているのかよりも、陰謀論だろうが何だろうが、出典、根拠のはっきりした言論をやるべきだ、と主張する。

私の本は、逐一、出典明示で書いている。だから私のことを陰謀論者扱いに出来ない。読めば私の文章が脳に突き刺さって、その真実のトゲが取れなくなって、それで何年ももがき苦しむ、ということになります。

ざまあみろ、大御所出版社

副島の本なんか、この歳になって今さら読めるか、という年配(年寄り)の言論人たちはどうでもいいのです。耄碌《もうろく》してまじめに本を読む力も無いのだ。どうせ、今さら自分が人生や書いて発表したものをやり直したり、書き直したりは出来ないでしょう。私はこの老人たちがどんどん死んでゆくのを待っています。それから、自分のことを一流言論出版社だと思って、国民支配と言論統制をやってきただけのくせに、自分たちで偉いと思っている出版社が、軒並み、売り上げと利益を失って、経営に行き詰まって、次々に倒産してゆけばいい、と思っています。

戦前から左翼系の大御所出版社を気取ってきた岩波書店が苦境にある。私がこのように書いても怒って抗議する元気もないくらいに、このことは真実だ。約三〇〇億円からの返済不能の負債を抱えているそうだ。この岩波書店と喧嘩《けんか》する振りをして威張ってきた、保守系の大手出版社の文藝春秋も、経営が追い詰められているそうだ。

ざまあみろ、ということです。知的な国民を甘くみて、大きな真実を覆《おお》い隠しておかしな方向へ国民言論の作為的な誘導と統制言論ばかりやってきた報いが、経営（本の売り上げの減少）という一番致命的な面に出て、困っている。こんなに目出度《めでた》いことはない。

私はずっと、持久戦法《じきゅうせんぽう》を採ってきた。彼らの方が先に倒れてしまうことをじっと二〇年間も待ち望んできました。言論の闘いは、このように一生を懸けた熾烈《しれつ》なものである。目先の言い争いや嫌い合いや、悪口の応酬程度では決着はつかない。長い生涯に渡って何十年もかけてやるものです。

だから、私の本をどうせ読まないような老人たちは無視します。私とは元々無関係です。私が気にするのは、私の本を読んで利用しているのに、全く、私の名前を挙げて引用しようとしないもの書きたちのことです。ここは相手が誰であれ私は容赦《ようしゃ》しません。

私は文章を書くときは出来る限り、全てを明確にします。文献からの証拠を並べて、ギリギリまで諸事実の全体像を組み立てることに真剣になります。そして、それ以上分からないことは推測で書きます。更にそれ以上の分からないことは、「分からない」と書きます。私の後からやって来る若い人たちが、次々に、新たな事実を暴いてゆけばいいのです。

事実は簡潔に書き表すことができる。この態度でいればいい。たとえそのために、言論弾圧に遭《あ》ったり迫害されることになっても仕方がない。それを自分の人生だと思って引き受けて、諦《あきら》める。そのように考えて私は生きてきました。今は、公然と言論弾圧する時代ではなくて、巧妙な言論弾圧である、「書かせないで干《ほ》し揚げる」という時代です。

次に、本の読み方について助言します。時間のある限り、読める限り、定評のある本は読むべきです。その際に根拠がはっきりしていると判断がつく、自分が気になる諸事実（facts）だけをえり分けてまとめる。それらを自分なりの歴史知識（時間軸《じかんじく》）と、各学問（自分が関係して詳しく知っていることを、あらかじめ小さく限定した上での、自分の専門分野。自分が大学の出身学部学科で学んだことが基準。空間軸《くうかんじく》）の、総合としての「自分なりの知識の全体像」の中に、自分が新たに得た情報と知識を次々に埋め込んでゆく。こういう態度を身につけるべきです。

このような手続きを踏む。その上で、自分はこの話（その本の中の記述）を信じるか、信じないのかの単純な二分法《ダイコトミー》で自問する。「これを信じる」、「信じない」の決断をする。ここで「信と不信」という、それこそ宗教（信仰）そのものと同じような自己問答を、不断に繰り返す。最後は全ては「自分はそれを信じる」か「信じない」かのどちらかなのです。これに盡《つ》きている。私の態度は、いつもこのような明確なものです。

出典明示の作法

次に、広瀬隆《ひろせたかし》氏の著作についてです。書店で私の本が広瀬氏の本と並べて置いてあることがある。私の意思や希望とは別に、本も普通の商品として店先に並ぶわけで、そのことに私が何か言ってもどうにもならない。すでに、私は広瀬隆と同格の「危ない系」のものの書きとして認められているのでしょう。私自身には、この〝世間の評価〟はどうしようもないことです。

私が広瀬氏に言いたいことは、ただ一点、書いてあることの個々の出典を明らかにして下さい、ということだけです。彼はある事実を書き、自分なりの判断評価をするときに、根拠となる出典をほとんど書きません。それが不満だ。情報源を明らかにして下さい、とまでは言いませんが、新聞記事などの文献の典拠を明示して下さい、とお願いしたい。

それと、私は、私の『堕ちよ！日本経済』（祥伝社刊、二〇〇〇年）の中で書いたのだが、広瀬氏はあまりに欧州ロスチャイルド家の「家系図」と「閨閥《けいばつ》図」ばかりを持ち出して、ロスチャイルド勢力ばかりを叩く。そうではなくて、アメリカの新興（と言っても一二〇年の歴史がある）の世界最大の石油財閥であるロックフェラー家の金融財閥のやっているさまざまな悪業《あくぎょう》に対してはほとんど書かない。調査が出来ていないからなのか。ロックフェラー家も非難すべきだ、と私はあの本で書きました。

私は、世界中で争っているのは、大きくはこの二大勢力だと判断しています。だから、このふたつの、両方ともを厳しく分析していかねばならない、と思っています。片方に傾くと、もう一方からいつの間にか操《あやつ》られる、ということになるのではないか、と思います。

私の読者でも多くが、広瀬隆氏と同じく、まだロックフェラー家とロスチャイルド家をごた混ぜにしています。この辺はもっと慎重に、大きく「全体像をとらえようという姿勢」で考えるべきだと思います。

私も、これが決定的な真実だ、と書くつもりはありません。おそらく世界規模での両勢力間の大きな金融・経済競争（抗争）というのがあるだろう、というのが私の立場です。私は、世界のこの二大勢力間対立理論の日本における提唱者です。これ以上はここでは書きません。

次に、『円の支配者』（草思社刊、二〇〇一年）を書いたリチャード・ヴェルナーという人についてです。私はこの、ドイツ人で、長く日本で暮らしている日本の金融経済の研究者には、直接お会いして話したことがあります。このときのことは既に私の別の本の中に書いています。ですからここでは簡単に書きますが、この読みにくい、分厚い本の中味を本当に簡潔に理解できた人がいるとは私は思いません。ヴェルナー氏自身が、少しカルトがかった人ではないのか、と思います。

リチャード（本名はリヒャルトだろうに）・ヴェルナー氏は、ババリア（バイエルン州。南部ドイツ＝ドイツの保守主義の強固な地盤。ミュンヘンが中心都市）出身の生粋《きっすい》の愛国的なドイツ人です。ところが、彼はイギリスに渡って、ロンドン大学の日本語学科に学んでいる。それから、来日して、日本の日銀と大蔵省の両方の研究所に、どういう紹介（コネクション）があったのかは分かりませんが、そんな立派なところに籍を置いて日本の金融を研究しています。そのような背景を持つ人物ですから、きっと何かあるのでしょう。

ヴェルナー氏の本には、とにかく日銀（日本の中央銀行《セントラル・バンク》）を諸悪の根源だとして、日銀を叩《たた》くという特長があります。それは日銀が誕生のときから、三井＝ロスチャイルド系だからでしょう。ドイツ南部のババリア地方（バイエルン州）には反宗教改革（カウンター・リフォーメイション）の伝統があり、北部のプロテスタントの商業地域をひどく嫌う気質があります。今もあります。北部ドイツのフランクフルトの金融街から出発したロスチャイルド家への敵意と憎しみのようなものをヴェルナー氏の文章に感じます。

日銀がとにかく諸悪の根源で、日銀が今の日本の金融不況の元凶だ、という彼の主張は、日本人の判断からすると、あまりにバランスを欠いています。もし、日銀巨悪説を支持するほどの、金融問題の内情に詳しい人たちならば、それでは自分たち自身が、それと敵対する勢力（ロックフェラー）の尖兵《せんぺい》をやっているのではないか、ということを自覚しなければ済まない。

日銀なんかよりももっと大きな悪があるでしょう。私はむしろ、日銀＝三井ロスチャイルド系は今は劣勢であり、被害者だと考えています。

今日はここまでにしておきます。

［二〇〇二年八月五日記］

II 人生

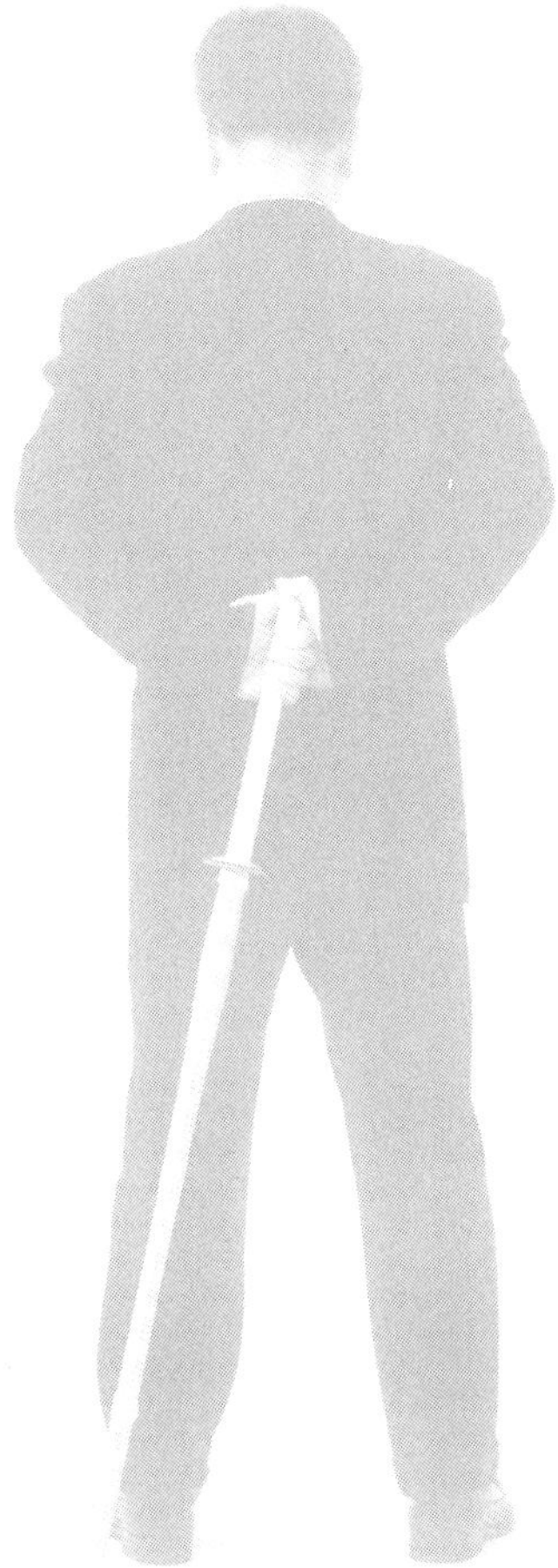

どうやって生きていいのか分からない人へ

家族と那須高原に行きました。私の短い夏休みです。

今日から、焦《あせ》って秋の仕事の準備をしなければ。順番に一〇冊ぐらいの単行本の仕事が溜まっている。私の場合はまだ一冊ずつ、自分で丁寧《ていねい》に作っている。当たり前かもしれないが。そのために、時間がものすごくかかる。

自分に残された人生時間で、どれだけの仕事ができるだろうか。私は、このことをいつも考えながら生きている。

もうあまり、現世の欲望の類《たぐい》はなくなりつつある。この国に生まれて、私なりに苦闘を重ねた末に、知識の課題として解明するべきことが何か、は分かった。解明することの道筋だけはつけた。なぜ自分が、あっちにぶつかり、こっちにぶつかりしながら生きてきたのか、その理由も大方《おおかた》分かった。

私が自力で切り開いた「属国・日本論」の道から、今後、多くの研究が生まれるだろう。

私は、そのための基礎と土台作りをやった。

あとは余生かな、と思うようにもなった。もうこの歳で。

自分は偉い、と思っている人

日本の支配者階級である「政《せい》・官《かん》・財《ざい》界」を上からぎゅーっと押さえることができれば、あとの残りの日本人など、生来、道路端《ばた》にはいつくばって、お辞儀しているような連中だと、彼らアメリカ帝国の支配者たちはよく分かっている。「下にー、下にー」と大名行列が通れば、自然と頭がさがって脇にどいて土下座するような国民だ。私はもう、この「帝国－属国」の構造が全て、ぜーんぶ分かった。

日本の女たちだって、ちっとも偉くない。金持ちで、ハンサムで、自分を大事にしてくれそうな男を見つけて、その馬（夫）に乗って一生楽《らく》してやろうと考えている者ばっかりだ。この事実を自覚したがらない女もいる。だから、本当はお殿様のところへ腰元修業に召されるのが、何よりも嬉しいことだったのである。

権力者や大金持ちたちの言うことは絶対に聞かない、という、骨のある、本物の左翼・反権力主義者もほとんどいなくなった。居《い》るのは、『噂の真相』の発行人の岡留安則《おかどめやすのり》のような「金持ち、権力者が、ねたましくて、ねたましくて仕方がない。だから、彼らの私行《しこう》、悪行《あっこう》を暴いてやれ」という歪《ゆが》んだ左翼思想ばっかりだ（その後、『噂の真相』誌は、森喜朗《もりよしろう》に狙われて、巧妙な形の言論弾圧で廃刊に追い込まれた)。

最近、私たちの「学問道場」の掲示板で気になったのは、ある中国研究家の投稿文の中にあった次の部分だ。


資本主義社会において利潤を生み出す源泉は〝差異〟です。そこを上手《うま》く衝かれて、日本はアメリカに富を奪われたのです。政府は景気対策として物凄い財政出動をしました。しかし、一体その金は誰の懐に転がり込んだのでしょうか? 大部分は外国資本にもっていかれ、一部は既得権にしがみつく〝老害〟勢力にかすめとられました。

私の大先輩で、非常に社会的地位の高かった方(今は隠居しておられる)がある日私にこう漏らしました。

「××君。こんな事はおおっぴらには言えないのだけれどね、実は日本の産業界や政界の指導者たちは、今の大不況の事態に直面して一体どうしたら良いのか分からなくなっているんだよ。で、結局良い方法がないから、公《おおやけ》の席では適当にお茶を濁して、実は自分自身に上手に金を引っ張るだけ引っ張って、そして引退することばかり考えているんだよ。

まあ、今は表面上は物価が落ち着いているから何とかなっているけど、これでインフレーションが激しくなれば、こりゃ暴動だね」

私は意地悪くこう聞き返しました。「失礼ですが、○○さんもそういうわけで引退なさったのですか」。○○さんは嫌味っぽい笑いを浮かべただけでした。

この記述が、正確だと思う。今の日本の指導者層は、まさしく、「今の大不況の事態に直面して一体どうしたら良いのか分からなくなっている」のである。今の日本の国家としての危機は相当のものだと、私は考えている。日本がこれから投げ込まれることになる、もっとひどい状況に対して、指導者層は何の対応策も持たない。状況を冷酷に分析することができている人はいない。「自分は偉い人だ」とか、「自分は、有力者だ」とかいう国内基準で、威張っているだけだ。だから現実味があるのはアメリカの〝手先〟になっている者たちだ。

「自分は、偉い家柄に生まれたから、だから偉いのだ」と自分に言い聞かせて、そして、周りが自分にへいこらするから、だから自分はやっぱり偉いのだと、思い込んでいる。そこへアメリカ様《さま》がやって来て、「この偉いはずの自分」を頭の上から、ガツーンとぶん殴ってくる。またしても、大金五兆円（彼らニューヨーク財界人による長銀《ちょうぎん》の買収資金そのものを、日本政府が出した）とかを差し出させて、彼らが奪い取っていった。

大変だ、どうしたらいいんだろう。うろたえてみても、誰も相手にしてくれない。みんな、「へへー」と自分の周りで土下座しているだけだ。

困ったなあ。しかし、自分はこの国の支配階級の一員であり、現役の交渉責任者だから、まさか、みっともなく騒ぎ立てることはできない。まあ、仕方がない。金《かね》で済むことなら、金を払って済まそう。国民はどうせ土下座して頭も上げない奴らばっかりだ。大きく言えばこいつらのためにこいつらのお金を使っているのだ。だからまあ、いいか、というわけで、日本国民の大切な資金がアメリカに流れ出して流失していった。もうおそらく返って来ない。

だから、今の若者が貧乏なのだ。時給八〇〇円のアルバイトで食いつないでいる若者が沢山いる。私のサイトに集まってくる若者（学生身分ならまだいい）たちの中にも、この現象が現れている。

急激な変化についていく

どうやって生きていいのか分からない、という者たちがいる。困ったことだ。これは真に憂慮すべき社会問題である。高校・大学を卒業してもまともな職がない。新卒者なのに株式会社と名前が付く企業に始めから勤めることができない。これは私の最大の関心事である。この「いい歳をした若者」たちに、まともな定職と定収入がないというのは、由々しき事態である。大不況（デフレ）国家の姿そのものだ。

親がすこしでも余裕があって、小金持ちなら、子どもは三〇歳ぐらいまでぶらぶら暮らしていてもよいだろう。むしろ、そのように三〇代までぶらぶらして、〝芸術的人生〟を営める人々の存在があることが、その国の豊かさの尺度だ。そういう余裕が、一国の文化を創る。夏目漱石が描いたところの高等遊民《こうとうゆうみん》である。

ところが、この二〇〇〇年三月についに、ネット企業（IT《アイティ》産業）のバブルもはじけ跳んだ。こういう動きは世界的なものであり、私のように世界の風向きと大きな歴史時間の尺度で世の中の出来事を判断する、という視点を持つ人間には、事態の急迫が分かる。今の急激な変化の持つ意味がどうしても分からない人たちがいる。それが私の一番近いところにいる人たちのなかに出現した。

私は、困惑した。「副島先生は、言うことがどんどん変わるから、あんまり当てにできない」と私は言われた。そうではない。インターネット・バブルがはじけ跳んで（「ナスダック崩れ」と総称される）事態は、急激に変化したのだ。そのことを敏感に察知できない人間たちは、転換した場面の次の局面で生き延びることができない。そのことを分かる力が、必要なのに。

私はこのように説得したが、だめだった。小室直樹《こむろなおき》や私の思想にくっついていれば、それが日本で一番優れた知識であり思想である。だから自分は仕合わせだと思い込むその瞬間から、自分の精神の停滞と敗北が始まる。そのことをいやというほど、身をもって味わって、自分で分からない限り、この状況の激変の意味は分からない。

いつの時代も表面は静かなのだ。幕末・維新期といっても、本当は何にもありはしなかったのだ。ただ半年間ぐらい京大坂と江戸で戦乱の時期があった。その噂を遠くから聞くことがあっただけだ。太平洋戦争（大東亜戦争）だって、自分の住む都市が爆撃に遭って、燃え盛る火のなかを一晩逃げ回ったという体験だけが、切実な戦争体験だ。あとは、兵隊さんたちの遺骨が白木の箱で町に帰ってきて泣いているひとたちがいたことと、とにかく毎日、食べるものが無くてひもじい思いを何年もし続けた。これが、動乱の時代の本当の姿だ。

中国戦線だって、侵略軍である日本軍が通過するときにその農村部で、物資の強制的な調達のような、日本兵たちによる強盗事件のようなものが頻発《ひんぱつ》しただけのことで、ほとんどの場合、何もない。兵隊は、ただひたすら行軍させられるだけだ。本物の戦闘なんて、徴兵された三年間でたった一回。それも、二時間ぐらいの砲撃戦で、勝ち負けは判明した。あとはそこら中に死体がころがっていたが、自分は生き残ったということだ。

生き残った人間たちは、まる焦げの戦友たちの死体のそばででも、ご飯を食べなければならない。そしてまた、実際、人間は生き物だから、生命の法則に従って、ご飯を食べる。自分の子どもの死体の前では、いくらなんでも食事はすすまないだろうが。

広島、長崎に落とされた原爆の炸裂は、それこそ、一瞬である。一瞬で、全てが終わったのだ。そして、数キロ四方のそこら中で、焼けただれた人間の群れが、彷徨《さまよ》っていたのだろう。多くは、その後の二日か、あるいは、二カ月で死んだだろう。生き残った人々は病院に並べられて、そのあとのながーい苦痛の入院生活が続いた。

なぜ、広島と長崎が狙われたのか、知っている人は知っているのに、どこにも書いていない。それは、広島は、近くに軍港呉《くれ》があり、ここで戦艦大和《やまと》が造られ停泊していたからだ。長崎も軍港で、ここで武蔵《むさし》が造られた。超ド級戦艦《バトルシップ》と呼ばれた大和と武蔵は「兄弟艦」である。部品の製造、調達上の必要もあって、同じ型、全く同じ規模だ。こういう巨大船舶は、今でも同時に二隻造られる。だから広島（呉）と長崎（佐世保）の二つの軍港・海《かい》軍工廠《ぐんこうしよう》（兵器廠）が米軍の戦略爆撃（ストラテジック・ボミング）に狙われたのだ。日本の超ド級戦艦の建造への復讐という意味もあった。

戦争とは、一瞬のことなのである。人は、ある一瞬の出来事（事件）のなかで死んでゆくのであって、それ以外ではない。ずーっと待ち構えている時には、何も起こらない。だから私は、普通の人間とは、このあたりの感覚（理解力）がものすごく違っている。普通の人々が怖がることが、少しも怖くない。なぜなら人間は想像する生き物であり、その想像力の中に、多くの幻想が含まれていることを私は知っているからだ。人々が一様に想像することのほとんどは、現代ではそのほとんどが、権力者たちによって操作され、企画されて作り出されて、民衆を操《あやつ》るためのものだ。

たとえば、アイドルやら、芸能人やらスポーツ選手たちは、明らかに「共同幻想《きようどうげんそう》」の産物だ。どうして、あの特殊化されて意図的に作り出された人間像に、人々は吸い寄せられるのか。コンサート会場となったスタジアムに五万人も詰め掛けて、汗だらけになりながら、そろって歌を熱唱している。それほどに人間の「共同幻想」というのは強い。ところが動物には、これが無い。アイドルも、プロ野球の選手もいない。どうして人間だけが、想像力＝幻想＝集合的無《しゅうごうてきむ》意識《いしき》（グスタフ・ユングが言った）を作り出すのだろう。

宗教がその最たるものだ。それなりに強固な宗教（信仰）を持っている人々とは、私はどうせ話が合わないから、勝手にやってくれ、と言うことにしかならない。別に、無信仰（non-religious《ノンレリジャス》あるいはnon-believer《ノンヴィリーヴァー》）である方が、優れた生き方をしているとも思わない。人間はどんな人も、どうせ何らかの信念（思い込み）を信じて生きている生き物だ。私はこれらの全てを疑う。最近は、ニュートンやアインシュタインの物理学さえも疑っている。私は始めから、「あらゆる共同幻想を解体する方向へ。そっちの方向へ自分の人生を向かわせること」という、西欧知識人の立場を選び取っている。だからあらゆる種類の既存の確信を持つ人たちと、どうせ相容《あいい》れない。「全てを疑え」と言ったのは、カール・マルクスである。

吉本隆明の宗教、小室直樹のサイエンス

ところが、知っていますか。この「共同幻想を解体すること。それが、自分たちのなす

べき思考と思想の目標だ」と、日本で説きつづけた知識人が、吉本隆明《よしもとりゅうめい》という人だ。かつて〝過激派の教祖〟と呼ばれた吉本隆明の思想は、今ではおそらく、信者（信奉者）も三千人ぐらいに減っている。二〇年前は、三万人ぐらいいたのではないか。私もその信者のひとりだったから、この辺の事情はよく分かっている。

　この吉本隆明の「共同幻想論」については、今後も重要な思想課題として解明・分析されなければならないと思う。

　私は一九八三年からは小室直樹先生に習った。これは、日本では希有な本物の西洋近代《モダン・サ》の学問《イエンス》の日本への移植である。今でも、そうだと信じている。小室直樹は西洋近代《モダン》の文科系学問の諸成果を、きわめて分かり易《やす》く日本語に移し替えることのできた、日本では珍しい世界基準の頭脳だ。なぜそうなのか、を、私は今も考えつづけている。

　私は、自分の思考（思想）をカルト（cult）化したくないのである。

　私はもう、どんな思想にも騙されたくない。と同時に、自分の考えで、人を騙す気がない。だから、ひたすら事実（facts《ファクト》）にしか付かない。より事実らしきものにしか自分の思考を近寄らせない。だから、自分の考えていたこと、書いたことが事実に反していたら、その時は即座に、「より事実らしきこと」の方へ自説を訂正する。ここでは、いい加減なごまかしはしない。「私はこれまでは、こう考えて、そのことを信じていた。しかしそれは間違い（虚像、誤り）であると確信した。したがって今後はこのように考える（信じる）」

とはっきり態度を表明する。

その代わり、私は、日本国内に広がっている全ての愚かな考えの類とは徹底的に闘う。すべて打ち滅ぼしてやる、と考える。だから、言論は闘いだ。自分にとっても何の余裕もない闘いの中に、真実（truth《トゥルース》）が出現するのだ、と考える。

ちなみに、カルトとオカルトは、違う。オカルト（occult）とは、簡潔に言えば黒魔術《くろまじゅつ》（black magic《ブラック・マジック》）のことだ。それに対してカルト（cult）というのは、狂信的な新興宗教団体のことだ。案外こういうことを、日本人の知識層は知らない。こういう言葉の語義《デフィニション》の細かい区別をちゃんと付けながら英文を読まなければならない。語《ワード》（単語）のひとつひとつに思想《ソート》の意味が込められている。そのことが分からないと英文は読めない。このことが、日本の弱点なのだ。私は、こつこつ英文を長年読んできた。そのとき、日本の勉強秀才たちだったら、さらさらと読み飛ばして、あるいは一通りのきちんとした「それなりに正しい」日本文に直して、それで分かった気になっている。そこが問題なのだ。

だから、拙著『ハリウッド映画で読む世界覇権国アメリカ』（講談社＋α文庫、上下巻、二〇〇四年）などを私が書いて、たとえば、市民（citizen《シチズン》 上層国民、名主《なぬし》、金持ちから上）と、一般大衆（people《ピープル》）の違いを説明した。これらの違いが分かっている世界基準に合った知識層が、日本には層として存在していないそのことも、いちいち説明しなければ済まない。

西欧近代を移植したはずのこの百年間、日本人知識人階級というのは、一体、何をやってきたのだろうか。

やっぱり、日本はいまだに前近代（プレモダン、premodern）であり、アメリカの属国だ。私が独力で築きあげたこの理論を、否定したり、反論したりする人はもういないだろう。ただひたすら無視して、知らん顔をするだけだ。

私は夏の那須の高原でぼーっとしていた。まあ、いいさ、私はやるべきことを、淡々とやっていよう。何があろうと、人々がどれだけ困ろうとどうにも出来ない。どうせ私の言った通りに動いてゆくだけだ、と考えた。

私の場合は、「人生は、暇つぶしだ」と、もうあと少しで言えるような立場になりつつある。私がこれだけ丁寧に書いて現状を分析して、助言してあげても無視される。分かりたくない奴らは分からない。だから、ほうっておくしかない。私は、冷たく見守るだけだ。ただ、追い詰められた若者たちが心配だ。拙著『堕ちよ！日本経済』のあとがきで書いた通り、「今の老人たちは恵まれている。むしろ若者たちが、職がなくて追い詰められている。この若者たちが騒ぎ出したら、私は、彼らと決起的な行動をともにする」

ひたすら考えて、そして書くこと。他にすることは、今は何も無い。

故・山本夏彦翁《やまもとなつひこおう》が言ったごとく、人生は、やっぱり、暇つぶしだ。

［二〇〇〇年八月三〇日記］

夏の盛り。なにも起こりません。それよりも海と山で体を鍛えてください

この夏は伊豆の伊東に行ってきました。家族旅行の夏休みです。ここにこういう私的なことを書くことは憚《はばか》られることなのか、とまず考えました。

私はそのうち人生論のようなことを書くようになるだろうと予測しています。そのときには自分の日常生活の描写がどうしても含まれる。まるで昭和文壇史の中の文人《ぶんじん》、作家たちのように、「昨日は、湯河原《ゆがわら》にて○○君と終日宿屋で談笑した」というような作家の日記風になってゆくのかね、と自分で白《しら》けてしまう。私はきっと、もっと新しい文体（スタイル）を開発するだろう。そうしないとただの紀行文のようなものを量産することになる。

司馬遼太郎が、晩年に『街道をゆく』という膨大な紀行文を書いて遺した。柳田國男《やなぎだくにお》を気取ったのだろう。全国各地を細かくめぐって、実際は朝日新聞社のスタッフが現地をしっかり下書きしていて、土地の観光課や郷土史の専門家からあらかじめ集めていた資料を基にして、あれこれの偉そうなことを山ほど書いた。

「ほう。司馬先生は、私らの土地のそんな古いことまでご存知だったとは。さすがは日本の文壇の第一人者であられる」とまわりを欺《あざむ》いた。司馬遼太郎は満州（モンゴル）語が専門の情報将校あがりだから、スパイや忍者の気分が実によく分かった人だった。戦後はサントリー文化人で、アメリカの日本管理の意思に長くよく従った人のひとりだった。

私のスクーバ体験

伊東のリゾート・ホテルで私は何をやっていたかというと、朝の三時には起き出して、それで原稿の赤ペン入れを毎朝やっていた。この原稿を校了《こうりょう》しないと出版社に迷惑がかかる。それで、家族が起き出すまでの朝の五時間を仕事に充《あ》てた。

その後、城ヶ崎海岸の富戸《ふと》という小さな漁港にある、首都圏の学生たちには有名なスクーバ・ダイビングのスポットというよりも、初心者用の練習場になっている岩場があって、そこに初めて行ってみた。学生たちは（サーファー系ではない）ここの海岸で、スクーバ・ダイビングの実地練習をしてから、沖縄（慶良間《けらま》諸島その他）やパラオ諸島の綺麗な海に出かけてゆくらしい。

私はもうスクーバは、体力的に無理だと思っている。海の波の荒さを見ただけで、もうあの波と日差しには耐えられない、と思う。「海で泳ぐ」というが、海の方からしてみれば、ちっぽけな、今にも溺《おぼ》れて死んでしまいそうな人間どもが波打ち際でぱちゃぱちゃやっているだけだ。雄大な、大海原《おおうなばら》に向かって泳ぎ出して行く、というようなそんな元気な人間は実際にはいない。どんなに泳ぐ力のある人でも、海では五〇〇メートルも泳げばへばってしまって岸に帰って来たくなる。たいていは浜辺でぱちゃぱちゃやっているだけだ。それ以上のことは出来はしないのだ。

スクーバはいくつになっても出来るし、海の底では体重の負担が無いので、女性でも苦にならない、とは言うけれども、岩場の浜に次々と揚がってくるあの人たちを見ていたらやっぱりきつそうだ。一〇キログラム以上あるあの重い酸素ボンベを背負っているから、よろよろしながらへとへとになって揚がって来る。それでも女性が多いのには驚いた。海の底の美しさの魔力に取り付かれるのだ、とも聞いた。

そう言えば私は一度だけ、スクーバをほんのわずかだけやらせてもらったことがある。全く何の練習もせずにもぐりの訓練もせずに、である。八年ぐらい前のことだ。

それは海上自衛隊の福井県若狭湾の舞鶴《まいづる》の基地（戦前なら軍港。もっと古くは鎮守府《ちんじゆふ》）にルポルタージュに行ったときだ。そこで水中処分隊《すいちゆうしよぶんたい》という、海自《かいじ》のフロッグメンの部隊のルポをしたのだ。水中処分隊というのは、海中で船体に爆薬を仕掛けたり機雷（マイン）を掃海したりするための部隊である。

自衛隊の広報誌のカメラマンや広報課の人たちと一緒だった。そこで「私も是非、潜らせて下さい」と頼んだ。こういう時は私はあつかましいから、周りの判断など気にしない。

隊長が人間の出来た人だったから、「いいですよ」と言ってくれた。

私にしてみればこの人たちは、この国で超一級のウルトラ・プロフェッショナルだなと踏んでいるから、絶対安心だとすぐに分かる。だから全く安心してすべて任せられると分かっている。中途半端な経験者が一番危ないのだ。本物のプロと一緒だったら、絶対に遭難したり事故にあったりはしない。本当のプロは、あらゆる事態を全て想定して行動する。ものごとへの慎重さと注意深さの度合いがちがう。

だから私は酸素ボンベの使い方もなにも全く知らないのに、ゴムボートから海に入り、隊長の腕にぐいとつかまれて一五メートルの深さまで連れて行ってもらった。鼻の「水抜き」の知識さえなかった。このフロッグメンの部隊は、警視庁のフロッグメンよりも危ないことが出来るように訓練されている人たちだ。だから本当に何でも出来るのだ。

彼らは海難救助の任務もあるから、船底に閉じ込められた人間を救出する訓練というのもやっている。全くの普通の人を海中から助け出す訓練もしている。だから私は安心していた。

本物のプロになれ

私は、人間をプロとアマチュアに区別する癖が付いている。「この人は、この業界のことは何でも知っているプロだな」と判定したら、その人からその業界のことは何でも聞き出せると考える。それに対して、たいした能力の無い人間だな、と判定したら、何をしゃべっても相手にしない。中学生、高校生でも、プロの素質を持っている人はプロ（プロウpro）だ。本物はキャンキャン吼《ほ》えない。この職種では自分はプロウの域に達しそうもないなと分かったら、さっさと諦めて次の領域（職種）を捜し求めて移って行くべきである。

私と漫画家の小林よしのり氏に共通するのは、このプロフェッショナリズム（専門家の根性。それでご飯が食べていけるという自信と信念）についての考え方だ。言論人を名乗って、本当に自分の言論でゴハンが食べられなかったらプロではない。プロの気迫が無い者が口先だけで言うことではない。

このことが分からないで、自分の軽い頭（＝思考力の足りない脳）で、あれこれ勝手なことを言ってはいけない。人生の三〇代まではあまり自己決定をしないで、じっくりと、いろんな考えを自分なりに咀嚼《そしゃく》して、知識人向きなら時間の許す限りたくさん本を読んで考えて、そうやって過ごすべきなのだ。

夏の朝の鮮やかさ

高原の台地に来ているからそう思うのだろうが、夏の朝は四時ぐらいからが綺麗である。「朝の鮮《あざ》やかさ」と書いて朝鮮と言うのだそうだ。確かに韓国の朝は日本より早く明けた。朝鮮を、「中国王朝（中華帝国）への朝貢品《ちょうこうひん》（貢ぎ物）が鮮《すくな》い国」とも悪口で読めるそうである。二八年前の学生時代に、韓国に貧乏旅行をしたときの貧しい旅館《ヨーガン》で知った朝の鮮やかさが思い出される。夏の朝は、早起きするに限る。私は朝はだいたい四時に起きる。起きてすぐ仕事を始める。

昨日家に帰ってきてパソコンを一週間ぶりに開いてみたら、商社マンになった旧友からメールが来ていた。長くタイのバンコクに駐在しているという。私がバンコクに行ったのは一五年ぐらい前だが、あそこの夏の朝の鮮やかさも思い出される。

旧友はオイル・ビジネスをやっており、石油メジャー相手の商談もやっている。細かい情報も時々知らせてくれる。それらは差しさわりがあるのでここには載せない。

私は、明日からまた熱海の旅館に行って、缶詰になって原稿を書かなければならない。それから先も軽井沢に行ったり箱根に行ったりする予定が詰まっている。こう書くと優雅な生活に聞こえるだろうが、全て仕事であって遊びではない。私は言論お座敷芸者だと言って憚《はばか》らない人間だから、「座敷がかかって」呼ばれれば、どこへでも行く……と書くと、ちょっと純粋な私の読者の若者たちを幻滅させることになるのかな。

ブッシュの馬鹿(本当に、知能が低いことが世界中にばれて来た)は、やっぱりイラク攻撃をやりそうだ。軍隊というのは、戦争に向かって準備を始めたらそれを途中でとめるということはできないような仕組みになっている。それが、彼ら軍事公務員の仕事だからだ。蔑称では、戦争土方《どかた》とも言う。自衛隊員に叱られるかな。

しかし、今はまだ夏の盛りだから、もうしばらくはドンパチを始めないだろう。夏の盛りの中東アラブ、炎熱砂漠に誰が行きたがるものか。

自分の人生は自分のためにあるのであって、他の誰かのためにあるのではない。自分自身の幸福のために、人は自分の肉体と時間を使えばいいのであって、他の人が何を言おうがそんなことはどうでもいい。なるべく喧嘩《けんか》（争い）などせずに、うまく上手に世渡りをすればいい。しかし、そうは行かないように世の中は出来ている。人生とは厳しいものだ。人が生きるということは大変なのだ。

ニューヨークの株式の崩れの続きも気になる。だが今は、みんな金持ちたちはバカンスで何もしないから、大きな変化はどうせ起きないのだ。この夏の暑いときに、それ、何とかだ、と騒ぐのは精神の貧乏人だ。コンピュータに向かってネット・オタクばかりやっている人間は反省した方がいい。海やプールに行って泳ぐか、山に行って歩き回りなさい。それ以外のことを今している者は一生、貧乏人だ。自業自得の貧乏人だ。

ネット・オタクなんかやめて、外に出て体を鍛えなさい。

［二〇〇二年八月一八日記］

夏の盛り。なにも起こりません。
それよりも海と山で体を鍛えてください

私の人生に貧乏ゴルフを付け加えた

私は、今朝は、家のそばの河川敷ゴルフ場にゴルフをやりに行こうと予定していた。ゴルフ場に着いたら、雨が激しくなったので、諦《あきら》めてゴルフ練習場（いわゆる打ちっぱなし）に行ってすこしだけやって帰ってきた。

副島隆彦は、ゴルフなんかやって遊んでいるのか、と若い読者や弟子たちからも言われそうだと、私なりに自覚があるから、あまりこういうことは書かないようにしてきた。自分の日常身辺雑話《にちじょうしんぺんざつわ》を書いて、無防備に生活エッセーを垂れ流すようになったら副島もおしまいだな、と思われると思った。激しい思想的葛藤や、政治言論界での争いを生きているはずの副島隆彦が、のんびりと平日ゴルフですか、と若い神経質な読者に思われると、どう勘違いをされるか分からない。その点は私も私なりに「誤解されないように」警戒している。

今どき、評論家生活、講演業者稼業《かぎょう》をやっている自分が、たまにゴルフをやるという茶《ちゃ》飲《の》み話をすること自体が、意識や精神が弛緩《しかん》（ゆるみきって、たるんでいること）していると思われても仕方が無いだろう。

私は自分の人生の行き方について、あれこれ人（他の人々）に言い訳する人間ではない。駅のプラットフォーム（「ホーム」じゃないだろ？）でゴルフの素振りをするような安サラリーマンと同じような人生を、いつも言論戦を闘い抜いている副島隆彦がやっているわけがないだろう、と思う人が多いのではないか、と、私の本の読者たちに対して、私の方が勝手に身構えている。だが実際の私は、安サラリーマンのように生きている。

副島隆彦は、いつも、ずっと勉強している人間で、ガッツガッツと知識や情報を集めているのだろう、と思う人々は、本当のもの書きや、芸能人や、権力者たちの実生活の中味をまったく知らないで、幻想（創作、空想、仮構）でものごとを考えている人たちだ。たいていは、ほとんどの人が、「本当にスケジュールがいっぱいで忙しい」首相のような人たちを除いては、自分の家（あるいは、部屋の中）でごろごろしているのが大半の時間の使い方だ。分かりますかね、こういうことが？

無意識の反撃としてのゴルフ

評論家業以外に、私は私立大学の大学教授という職業を持っている。ここでは私は、フルタイム・エンプロイー（正社員、社会保険付き）だから、本当は、毎日のように、大学に出勤していなければいけない立場なのです。ところが、九月に入ってもまだ出勤していない。まだ夏休みプラス研修日だから。

日本の大学が腐り果てていることはよく知られていることであり、言《げん》を待たないのですが、そこに所属していると、自分も一緒に腐るわけだ。日本の大学改革は、文部科学省の上からの主導で進められている。全国の国立大学を中心に三〇大学だけを重点的に残して、あとの地方国立大は、「そこらの私大と同格」にしてしまおうという計画（遠山敦子文部科学大臣のプラン）だ。これで、地方の国公立大学の教授たちが真っ青になっているのが現状だ。私大の方がずっと民間企業でやってきたから、その分比較相対的にのんびり出来ている。でも、私大もこれからは学生が集まらないでどんどん倒産してゆくから、日本の大学の腐敗は、経済実勢（経済法則、市場原理）で修正されてゆく。大学問題は、これ以上は、今日は言及しません。

私は、言い訳をするわけではないが、この歳になって、ようやくゴルフをする余裕が自分の生活に生まれた。それでも月に一回が限度だ。それ以上の余裕はない。これまで、四〇代の終わりまでずっと忙しかった。精神的にもいつも追い詰められていた。偉そうに言えば、政治思想上の課題でずっと考え込んでいたからであり、それから本を一冊ずつ書いて仕上げてゆくことで、神経をすり減らし続けたからだ。

本というのは、本当に一ページ一ページ、私が書いている。自分で書くのは当たり前じゃないか、と思う人が多いだろう。しかしこの業界では当たり前ではない。いわゆるライターに書かせている評論家が沢山いる。こんなことはこの業界では公然の秘密だ。評論家として有名な人たちは、自分が抱えている、あるいは出版社が連れてくるライターたちに書かせている（者もいる）。このライターのことを「一〇〇円ライター」と、昔、宝島社《たからじましゃ》の編集者たちは、若者書き手たちのことを、陰で密かに蔑《さげす》んで呼んでいた。

作家本人が書いているのか、ライターに自分のしゃべる話を中心に書いてまとめさせたものであるかは、業界では、冷酷に判定がつく。そういう（雇われ）ライター本を書店に並べて、次々と似たような内容の本を出すようになると、その評論家は、もうその命が枯《か》れている（あるいは、涸《か》れている）ということだ。「この人ももうお仕舞いだな。こんな垂れ流し本を出すようになっては」と、私は、三〇代の頃から、他の作家たち（小説家を除く。私は、最近は小説はほとんど読まなくなった）の仕事を厳しく判定してきた。

自分の仕事（本）が、若い人たちから厳しく査定される年齢に自分が達した。私はまだ全て自分で書いている。

私自身もそろそろ、自分が書いた過去の本に対する批判にさらされるようになったことを覚悟している。と書いて、いや、日本ではそんなことも無く、出版物は誰にも相手にされずどんどん忘れ去られて、捨てられてゆくだけだ、と言う人もいる。私程度の言論人では、すぐに忘れ去られて、本はやがて古本屋からも消えていく。小林秀雄も、江藤淳も、丸山真男も、あんなに日本の超一流の学者・言論人のように言われていたのに、死んでしまったら、ほとんど忘れ去られた。他の学者・評論家たちは推《お》して知るべしである。名前さえ誰も記憶しないだろう。平野謙《ひらのけん》とか、荒畑寒村《あらはたかんそん》とか、大岡昇平とか、彼らの主要な作品の中味まで覚えている人々が（読者層として）果たして残っているだろうか。本読み（読書人階級の人々）たちもまた、作家と同じようにどんどん死んでゆく。

名著と呼ばれるほどの作品は文庫本としてしか残らない。その文庫本でさえ品切れになって残らなくなりつつある。よっぽどの優れた作品でなければ読み継がれない。本の市場のことは業界人として私には肌で分かるから、どの本がどれぐらいの命を持っていて、即ちその本自身が生命力を持っていて、それで、どれくらい本屋市場に残り続けるものなのか、が私には大体分かる。大手出版社の文庫や新書の形で残っているものについては、古いものなら大体は頭にはいっている。たとえそれらを自分は読んではいなくても、背表紙ぐらいは何十度も目にした以上、私の記憶に残っている。一五歳のころから本屋に入りびたって、二〇代まではずっと本の立ち読みをしつづけた人生だから、難解な書籍も含めて、大抵の本のことは知っている。

私は何から解放されたか

貧乏本読み人生を送った自分が、なぜにまた四〇代も終わりになって、ゴルフなんかやろうと思ったかというと、今はゴルフ場が、平日はものすごく空《す》いているからだ。私は自分の人生に「貧乏ゴルフ」を付け加えたのだ。この長く続くデフレ経済（不況）のために、日本経済がのた打ち回っている今だからこそ私は、あちこちのゴルフ場に行ってみる。それでも一カ月に二回出来ればいい方だ。その程度のゴルフだ。腕前は下手くそである。私にスポーツ競技とりわけボール競技が上手に出来るわけがない。スコア一三〇の下手くそのままで終わるだろう。

私は、ずうずうしい人間だから、普通の人が恥ずかしがることを恥ずかしがらない。私は破れて穴の開いている靴下を履いていて、何かのはずみでお店とかで相手に見えてもなんともない。それは、靴下には穴が空くのが当たり前だと思っているからだ。最近はなるべく身奇麗にして、いつも黒のスーツ（背広）を着ている。変人だとは思われないようにしている。しかし、三〇代は、もうサラリーマン（勤め人）ではなかったから、スーツを着るのが嫌だったので、ずっと、ブレザー（上着）にパンツ（ズボン）という格好だった。下品な感じはなかったろうが、業界人らしくだらしなく着崩していた。定収入無しの貧乏もの書きなどという人種は、みんなそういうものだ。私は、週刊誌のライター（嘱託、契約社員）とか、出版社の編集者という連中とずっと付き合ってきたので、そういう格好が普通だった。

私は週刊誌ライターにはなるまいと決めていた。そんな職業で使い潰《つぶ》されたらおしまいだ、と初めから分かっていた。だから予備校の講師をしながら生活費を稼いで、なるべく本を読んで考えて、それで自分の名前で雑誌の原稿や本を書けるようになるよう心がけた。このように数行で書けば済むほど簡単なことではなかった。実際の生活は、自分の納得のゆく文章を書く苦労と、それから出版社側（商品の納入先）にも気に入ってもらえるように書かなければならない。そのために相当に神経を使って、精神的圧力（圧迫）を受けながら長年のたうち回っていた、というのが私のこの二〇年間だった。

今はそういう苦しみからだいぶ解放されたかな、と思う。今でも一本の評論文（だいたい、原稿用紙四〇〇字換算で、二五枚から三〇枚を「一本」と業界では言う）を書くだけでも相当に苦労する。気合いがはいらないと書き上げる気にならない。毎回、毎回、「産みの苦しみ」というのが決まって、襲ってくる。ようやく締め切りに追われて書く気になる。どうしても書かなければならない前の丸二日間ぐらいは、脳が勝手に苦しんで、唸《うな》り声をあげているような状態になる。その間に、あれこれ脳が内容や、知識の出力《しゅつりょく》状況を自動的に調整しているらしいのである。この締め切りに追い詰められる時のもの書きたちの異様さは尋常《じんじょう》でないのは一様《いちよう》であるらしい。

そしてやおら書き出して、一心不乱に書き続けて、そして何とか書き上げるとほっとする。その時の気持ちは、だいたいハーフ・マラソンを走り抜いたあとのような爽《さわ》やかさである。地獄の苦しみから抜け出た感じだ。この時の気持ちよさを味わいたいばかりに、また次の苦労を待ち構える、という感じだ。これがもの書き生活というものである。向かない人にはとても勧《すす》められない生き方だ。これも一種の職人人生だと思う。

ゴルフ場から眺める日本

私はゴルフは健康のためにやる。これに尽きている。やはり老人のスポーツだと思う。激しさはないから、スポーツ筋肉をした若い人ならすぐに上達するだろう。おなじアウトドア・スポーツでも、ゴルフは一番穏やかだ。

私のように日頃、何も運動をしない人間が、体を鍛えると言っても、ストレッチ体操の他によいものは何も無い。テニスや野球は、私には運動量がきつ過ぎる。あれらは、一時間どころか、二〇分間も本気でやると、汗だくになる。もうそんなに激しいスポーツは出来ない。水泳が全身運動だから、肩こりによい、とか勧められた。数年前までは時々、水泳もした。しかし、水泳も激しい運動だ。それに冬はプールを出たあとでやっぱり風邪をひく。だから、結局ゴルフしかない。

スポーツマンはゴルフなんかやらないだろう。こんなダラダラした、運動量の少ない老人向けのスポーツでは、生来の「煮えたぎるような血と筋肉をした男たち」には堪えられない。だから中学や高校で部活で鍛えたような人たちは、ゴルフは逆にやらないと思う。よっぽど老人になってからか、会社員生活で仕事（営業職）の付き合いでやっている、という人たちだ。

　しかし今は不景気で、会社の接待ゴルフはほとんどなくなっている。週末にゴルフに行くと周囲に言うだけで、白い眼で見られるような変な時代になってしまった。

　ゴルフはかつてはお金がかかるから、そんなに簡単には出来ないスポーツだった。一回当たり三万円から四万円ぐらいかかった。最近は、これが一万五〇〇〇円ぐらいで出来るようになった。さらには平日ゴルフだと、首都圏の安っぽいゴルフ場なら七、八〇〇〇円で出来るようになった。

　平日のゴルフ場はどこも客が少なくて閑散としている。昔は一日当たり五〇組ぐらい入れてギューギュー詰めにしていたのに、今は、一〇組ぐらいしか入っていない。だから私は、ゴルフをするのだ。昔、高くて出来なかったゴルフが今だから出来る。だから、私は学問道場の弟子たちを連れて年に何回かゴルフをする。私は学問道場の一文に、「大不況の今こそ、我ら学問道場は貧乏ゴルフをする」と以前、書いた。

　ゴルフは、いかにも中小企業の経営者たち向けのスポーツである。仲間内で集まってワイワイやるのに最適だ。大企業の幹部サラリーマンたちでさえ「ゴルフは禁止」になった。それでも、中小企業家や自営業者たちはゴルフをやめない。自分の足腰が立つ、死ぬまでやる気だ。偉いものだ。ゴルフはワン・ラウンドで五、六キロしか歩かないが、それでも体にはよい。こんな不景気な時代でも、ゴルフをやっている人々はいる。時間と金に余裕のある人たちだ。

全く設備投資も出来なくなって、クラブハウスもボロボロで、潰れかかっているゴルフ場が全国にたくさんある。いや、日本全国に二五〇〇場ぐらいあるゴルフ場のうちの八割ぐらいは、既に、近年に倒産（会社更生法か民事再生法が適用される）を経験したようだ。ゴルフ会員券は、昔、二〇〇〇万円したものが、今は、一〇〇万円ぐらいだ。二〇分の一である。

ゴルフ場から追い詰められた今の日本を茫洋《ぼうよう》と思い描く。

［二〇〇二年九月九日記］

初めての魚釣り

先日、私は生まれて初めて魚釣りに行きました。

伊豆半島の東岸の宇佐美《うさみ》という漁港で、そこの船宿《ふなやど》、釣り船屋の船に乗って魚釣りをしました。生まれて初めての魚釣りだから全く勝手が分かりませんでした。たった一回でも経験すると何事でも大抵分かる。経験しなければいくら言葉や活字で読んでもよくは分からない。

現在では日本全国の海岸線の魚はほとんど捕られてしまったようで、磯釣《いそづ》りではもう魚は捕れないようだ。そこで漁船に乗せてもらって、沖合三キロ、五キロあるいは、五〇キロまで出て漁をする。これが現在のアマチュアのあるいは趣味としての魚釣りの主流の作法である。私は、フライ・フィッシングなどの川釣りについては何も知らない。ヨーロッパの貴族たちの遊びにつながる興奮があるらしい。

まず知るべきは、船で沖合に出る魚釣りをすると、初心者はかならず、ゲーゲーと吐くという事実である。これをほとんどの人間が経験する。私は午後からの釣り船で五時間乗ったただけだが、その間に五回ぐらい船べりから海に向かって吐いていた。ずっと吐いていたに等しい。途中で飲んだお茶もポカリスエットもあらためて全て吐いた。最後は胃液をしぼり出すように吐き出した。

釣りが初めての人にはそれぐらいきついことである。ごく特殊の人を除いて、ほとんどの人は初めての頃は必ず吐くそうである。このことをまず知らなければいけない。だから魚釣りとはいっても実際は悲惨なものである。

私はこの日、わりと大きめな一キログラム弱であったがオニカサゴを釣った。また同種なのであるが、一キログラム弱のえらの張り方がすこし違うカンコという魚も釣った。それから大きなイソフグも釣った。

これで本人は満足して船の上でひっくり返って気持ちよく寝ていた。というほど気楽なものではなく、実際は、雨も降り出して「もう帰りたいなあー」という気持ちで、最後の一時間は船尾の方で船の柵にしがみついて、立ったりしゃがんだりして時を過ごしていた。

中小企業の社長の遊び

人生道場としての私の考え方であるが、私は、中小企業の社長がやることはすべてやってやろうと思って最近は生きている。中小企業の社長とは、一〇人かそこらの小さな零細《れいさい》企業のことだ。そこでは、社長自らが体を張って毎日朝七時から夜一〇時まで働かないと経営が成り立たない。これが、従業員が五〇人から一〇〇人ぐらいの、割としっかりした中小企業になると、賢《かしこ》い社長は幹部たちに経営をまかせて時間に余裕が出てくる。そうするとゴルフか魚釣りに出かけるのである。

実際、魚釣りは中小企業の経営者の基本的な遊びの一つである。仲間を誘って気楽に漁に出る。例えば「スポーツ報知」などの日刊のスポーツ新聞には、趣味の欄に競馬や競輪とならんで釣り舟情報が載っている。ふつうは船宿とか釣り船屋とも言ったりするようだ。コンテストや競技会などもあるようだ。趣味としての釣り人は、我々の想像できる通りの人々である。これは人間の本能にそくした行動なのだろう。一〇万年とは言わないが、少なくとも一万年前には海岸線や川べりで生きることの多い種族や民族は、魚捕りをやっただろう。釣り針や糸がいつごろからあったかは分からない。長い間ずっと魚は手づかみで捕るのが当たり前だったろう。だからやがて魚を釣るという醍醐味と喜びが人間の中に生まれて、簡単に言えば遺伝子の中に組み込まれたのだろう。

魚釣りが好きでたまらない人間は、人間としてはかなり古いタイプの人間といえるのではないか。それは、魚がかかったときの手応え、釣り糸をひっぱるビクビクとした快感がたまらないからだと思う。なぜ人は釣りをするのか。この問いにそれ以上はいくら聞いても答えてくれない。遺伝子に組み込まれている行動だから、やめろと言われてもやめるわけにはいかない。

それと同じで、女たちの遺伝子の中にはおイモを食べる、というのが入っている。あれによく似ているだろう。女は本当によくイモを食べる。人類の女たちは群れを作って、子どもたちを育てながら、タロイモのようなイモ類を何万年も取って主食にしてきた。その間に、原始人の男たちは何をやっていたのか。よく分からない。戦争（殺し合い）をする以外はブラブラしていたのではないか。

魚釣りそれ自体はそんなに大変な作業ではない。結果から言うと、私は何も知らないから、船の縁《へり》に固定する台や電動式の自動巻上げのリールがあって、釣り糸を仕掛け、友人に教えられるままにその先にえさをつけて海中に垂らしただけである。そこに魚が勝手に引っ掛かってくる。何の技術もいらない（と思った）。魚がかかったと思ったら（当たりと言う）糸を巻き上げてかかった魚を引き揚げ、船の中に取り込む。このときに少し手間取って、結局つり舟屋のあんちゃん（船頭）に手伝ってもらって、網やざるですくい上げてもらい、魚を船中に転がすか、自分のクーラーボックスに投げ込む。えさのかけ方、おもりのしくみもよく分からない。

オニカサゴを釣りに漁船に乗る

はっきり分かったのは、ある特定の魚を捕りに行くということだ。めったやたらといろんな種類の魚を捕るというわけではない。私はその日はオニカサゴを捕りに行ったのである。この魚はどうやら沖合五キロから一〇キロの、海底一〇〇メートルから一二〇メートルぐらいのところにいるので、そこに釣り糸をたれる。そして海底におろしたところから数メートルほど巻き上げて、そのあたりでオニカサゴが引っ掛かるのを待つことになっている。

魚釣りというのは、前述した通り、男たちの体内あるいは脳内の遺伝子に染みついた行動である。魚釣りが好きで好きで仕方がないという人間が一定の割合で存在する。私個人は、針にえさをつけたりする行為でも好きになれない。

偶然、オニカサゴを釣りあげて、船の板の上にころがして、こいつがえらを膨らまして全身で威嚇したときには、もうゲーと吐きそうになり、船べりから海に向かってゲーゲー吐いていた。悲惨と言えば悲惨であるが、私は高校時代から付き合いで酒を飲んできた人間であり、よく吐いたあの頃を思い出した。飲めないのに無理をして飲みつづけたので飲めるようになった。だからもどす、あげる、吐くということを体が覚えている。吐くということがそれほど怖くない。だから船酔いにも、まあ耐えられる。

逆にスポーツマンで健康で胃腸が丈夫なやつほど、酒を飲んで吐いたり戻したりすると、身体が消耗してぱったり倒れたりする。日頃病気がちでよく吐くことに慣れている人間ほど、いざとなると悪い環境の中でも耐えられるのだろう。

というわけで、魚釣りとは、胃の中のものを全部吐いてしまう活動だと知らなければいけない。

だいたい、釣り船とは二トン、三トンの漁船を、そのまま釣り船用に内部を造り替えただけのものである。だから基本的には漁船そのものである。大体七、八人の釣り人が乗れる。もう少し大きな外洋型の釣り船には二、三〇人乗るらしい。しかし、あまりたくさん乗せるといざ転覆事故が起きると大変だろう。ライフジャケットひとつで海に投げ出されても岸が見えるなら何とか生還できるだろう。しかし、冷たい海水の低温症《ていおんしょう》で死ぬかも知れない。

その日は早朝乗る予定であったが、海が少し荒れていて、「お客さん、波が高いのでやめた方がいいよ」と船宿から電話があった。午前中はやめて、諦めていた。午後前になるとまた電話があって、「波が落ち着いたので行きませんか」という誘いだった。そこで急いで宿屋から車で駆けつけて船に乗った。

釣り舟屋は天気に左右される商売をしている。波が少し高いので今日はやめたほうがいい、ということは、その日の売り上げが釣り舟屋にはいらないということである。それが分かっていても、客を危ないところ、あまり魚を捕れない日には連れていくわけにはいかない、という判断が釣り舟屋の方にあるわけである。

今年は五月あたりから台風が多くて、雨の日、しけの日が多かった。ほとんど商売になっていないのではないか。天候に左右されるので漁業はやってられないな、という感じがよく分かる。漁業は自然相手の獲得経済（天の恵み）である。

漁師という商売

農業もそうだが、都市の近郊農業では、野菜や特殊な作物などのハウス栽培で年収二〇〇〇万円とか、三〇〇〇万円あげる農家が増えている。大工や工務店、ペンキ屋も従来は天気に左右される仕事であり、雨の日は家でごろごろしているしかなかったが、今はそうでもないだろう。

零細の漁業者はやってられないということが魚釣りをたった一日経験しただけで分かった。なぜならば、船宿とか釣り船屋というけれど、よく見れば漁民、上品に言えば漁業者《ぎょぎょうしゃ》（漁撈者）である。彼らは漁港の漁協（漁業協同組合）の正組合員である。しばらく前まではその小さな船で漁に出ていたのである。それを釣り舟屋という商売に替えたのである。その船の両側に停泊している船は、明らかに漁で生計している小型漁船そのものである。

おもしろかったのは、船が沖合から帰ってきて、岸壁につなぎとめられたときに、向こうの方から、おじいさんおばあさんに子どもたちまで出てきて、その日捕れた水揚げを喜ぶという感じを見せたことだ。漁民の本能かもしれない。小さな漁港はどこでもこんな感じだろう。

漁民は基本的には夫婦で仕事をするから、旦那が夕方、漁から帰って来るときには、奥さんが浜に出てくる。浜と言ってもコンクリートで護岸された岸壁そのものだから、水道栓がひいてある。

私が釣ったイソフグは、おじいさんがその場で、水道の水と包丁でさっとさばいてくれた。腹の中の危ない臓物をとりさって海に投げ捨てて「残りは食べられるよ」と言って渡してくれた。ありがとう。

一瞬この人は、調理免許を持っているのかなと不思議に思ったが、それは私の方が考えが足りないのであって、フグの調理人たちよりもおそらく漁民の方が、どこにフグの毒があるのかを身体でよく知っているだろう。あとで食べたがおいしかった。この「海岸端《ばた》で漁が終わって家族が出てきてワイワイやる感じ」が、なにかしらこれも遺伝子に入っている人間行動だという感じがした。

水揚《みずあ》げという言葉がある。その日の漁獲量がいくらかということであるが、この日は天気も悪く、午後の釣り客は私と私を誘ってくれたF君だけであるから二万円である。私が借りた釣りの道具である電動機付きの竿《さお》の借り賃が一〇〇〇〇円だった。合わせて二万一〇〇〇〇円を奥さんに渡した。これがこの家族の一日の水揚げなのである。午前中にも三人いたようだから一日五万円くらいになる。これで結構と言えばそうだ。

しかし、天気の悪い日が多いこのご時勢に、その日の天気に左右されてしまう零細漁民は大変だ。が、彼らはそんなことは気にしない。

一〇人乗せれば一〇万円になるのだから、決して悪い商売ではない。わざわざ遠く離れた東京圏から片道三時間、真夜中に車を飛ばして来なくてはならないという客たち相手の商売だ。

釣り船屋あるいは船宿がいつ頃から出来たかを、経済史的な視点から考えてみた。どうも戦前戦後というほど古いものではない。どうしても釣りが好きな人間たちというのが、高度成長経済のなかで一定程度出現して、やがて需要と供給の関係でむすばれた。

私がちょうど学生のころ、民宿《みんしゅく》という文化が出来た。今は廃《すた》れたようだ。汚い漁民の家の部屋を、そのまま都市の庶民にあけわたして泊めてあげて、一日一人当たり三〇〇〇円か四〇〇〇円で宿代を取って食事も出した。それで海水浴をさせる習慣が成立していた。

それと同じように、釣り舟屋という業種が同時並行的に成立していったと思われる。まさしく需要と供給であって、東京のサラリーマンたちの中で、どうしても釣りをやりたい人間たちが船宿を求めて出来あがったのだ。

私がたまたま乗った漁船も、もうおじいさんが漁をやめていて、息子があとをついでいた。息子はそれほどまじめに働く漁民という感じではなくて、子供を二人抱えた奥さんがいて、陸地でもたらたらと生きている感じの、人の良いあんちゃんであった。スニーカーをはいて、がに股でばたばたと歩く、頭は茶髪の気のいいあんちゃんの感じが私は気に入った。

このあんちゃん船頭は、沖合に出ると、沖合五キロぐらいの所まで一気に走っていって、スポットらしきところに三〇分ぐらい船をとどめる。そして、釣れないと「ここらあたりでえさを上げてください」とスピーカーで呼びかけ、そこから一〇〇メートルくらい別の所に移動して、また釣り糸をたれさせる。これを一〇回、二〇回と繰り返してその日が終わる。

すべてが出来あがって様式化している。お客サービスという観点からもよく出来ている商売である。

たしかに、沖合五キロ、一〇キロ行けば魚がたくさんいるのだろう。多い人によっては一〇四二〇匹釣りあげる人もいる。潮の流れがあって、天気のいい日で、ポイントがいい所に当たったときは大漁になると思う。

ここに、魚釣りから見えてくるひとつの日本の景色がある。私はなかなかいいものを見せてもらったという気がした。後はこれを毎回繰り返すだけだから、初回ほどの感動はもうないかも知れない。

魚いろいろ

さかなの種類と中身に関して書く。Ｆくんに聞いた話では、本ガツオやブリのような大きな魚を捕りたかったら、朝の二時に船に乗って、伊豆大島の先あるいは石廊崎《いろうざき》という半島の南の突端の岬まで行って朝から昼頃まで、大きな魚を釣るプランというのがあるそうだ。そのための大きな釣り竿は必要ないらしい。

ハマチというのは刺身で我々もよく食べる。大阪地方では養殖されたブリ（鰤）の小さいやつという意味であり、関東地方ではカンパチと言ったりする。あるいはイサキ（鶏魚）という小さいものもあるのかも知れない。

ヒラメ（鮃）は海底にへばりついている魚である。海底一〇〇メートルあたりにいるらしい。ヒラメは目が飛び出ていてちょうど真上が見えるようになっており、真上を泳いでいる小さな魚に五メートル一〇メートル一気に跳び上がって喰らいつく、獰猛《どうもう》な性質の魚であるらしい。だからヒラメの漁は真上に釣り糸をたれるような形にするそうである。

それぞれ魚ごとに特徴があり、釣り針の形やら仕掛けがいろいろ違うようだ。今は釣具屋に行けばそれぞれの魚ごとに釣り針やえさがセットやパックになって売っている。えさは生《なま》ものであり、私の場合は宿が用意してくれた。その日はサンマの身を縦にうすく長く一〇センチメートルくらいに切ったものを、釣り糸にひっかけてそれがえさだ。フグ（河豚）は口が小さいくせに、相当歯が強くて釣り糸を噛み切る。私も三回糸を切られ、えさも何回か食べられた。フグは食い意地の張った魚だ。このことは日本人全体に知られていることだと思う。

はじめに書いたように、私はオニカサゴを釣りに行った。あとで煮魚にして食べたが大変美味であった。しかし、おそらく、江戸時代からつい最近までこのカサゴの類は外道《げどう》の魚と言われ嫌われていただろう。昔の漁民たちは海に捨てたと言われる。赤魚であるのだが、アンコウ（鮟鱇）のようにえらが張っていて、口が大きく、毒のあるトゲがあって嫌われたろう。それに対して赤魚は、鯛《たい》のような魚が一番上品で豪華でおいしい魚であるとされていた。

江戸湾の中で江戸前と呼ばれた、日本橋のあたりに魚河岸《うおがし》があったころ、江戸中期から明治時代までは、江戸湾で相当漁業が出来たはずである。だから、その頃カサゴのような形の悪い魚は、漁民たちに嫌われていただろう。実際に食べてみるとこのカサゴのような魚が一番おいしい魚だということがよく分かる。

私は漁港の小さな魚屋で金目鯛《きんめだい》を買った。釣り人の釣った魚が少ないときに漁港の近くでやっている、おみやげと呼ばれる魚を売っている魚屋がある。手ぶらで家に帰ると父親としての威厳が保てない。魚が釣れなかったとき用に魚が釣れたことにして、家族のために買っていくようになっている。

こういう習慣も、いつの間にか成立しているのである。この漁港の魚屋で、三〇センチぐらいの大きな金目鯛を三五〇〇円で買った。大きく見えた金目鯛であったが、あとで一緒に煮てしまうと、オニカサゴの方が肉が締まっていて大きな形で煮魚として残っている。

鯛の一種であるから当然、淡泊なおいしい味なのだが、やっぱりオニカサゴの方が、身が締まっていておいしかった。

F君の話ではオニカサゴの大きいものは、高級魚として各地の料亭にすぐに持っていかれるそうである。一五センチぐらいの小さなオニカサゴは、そのまま丸揚げや天ぷらにして食べてしまうようである。きもの部分もはらの部分も捕り立てであるから非常においしい。これで私の魚釣りの初体験はおわりです。

［二〇〇四年一〇月一二日記］

愛とは何か。男女の愛について。そして人間が幸せである、とはどういうことか

「愛《あい》とは何か。男女の愛について。そして人間にとっての幸《しあわ》せとは何か」を書いてみようと思います。

愛について、副島隆彦が書くことがあるのか、と意外に思う人がいるだろう。私には愛は似合わない、と自分でも思う。

税務署と争って担当官たちに怒鳴り声を上げている自分が、人間への愛を語るのは、どうも性《しょう》に合わない。

私は、愛や平和を語るよりも、憎しみと怒りを書いた方がずっと似合う人間だ。生涯に渡る阿修羅《あしゅら》、というようなことを二〇代のころからずっと考えてきたから。

もし私が、やがて何らかの境地に達して、宗教（信仰）らしきものを持つようになったら、その時は「真実暴《あば》き教《きょう》」という新興宗教を建てるだろう。「真実暴き教団」である。私はいつも正直でありたいから、自分に何らかの宗教的な回心《かいしん》があったらその時は、私の

読者の皆さんにそのように言う。

私は怒りや憎しみを自己推進エネルギーにして生きてきたらしい。それもつまらない人生だと思うようになってきた。私は今もずっとこの疑問を考えているのだが、怒りや憎悪は果たして生きるエネルギーになるのか。どうやら怒りと憎しみは人間のエネルギー源になるらしいのだ。私は自分と敵対する同業者たち（田原総一朗を筆頭とする〝アメリカの手先〟の言論人ども）や、それよりももっと大きくて愚劣なる公権力（たとえば、アメリカ帝国を牛耳《ぎゅうじ》るブッシュ政権の悪と、それにヘイコラして追従し屈従する日本の小泉政権や各省官僚のトップたち）への怒りと憎悪がなければ、現下《げんか》の政治言論や、政治思想研究は成り立たない。

しかし、憎悪や怒りだけでは、人間はやってはいられない。イラクのファルージャの戦闘（虐殺）で殺された、最少に見積もっても二七〇〇人と発表された（米軍発表）イラク人たちのほとんどは、ごく普通のイラク人の男たちだったろう。あれがイスラム過激派とか、アルカイーダという、本当に居るのか居ないのか分からない、イスラエルが捏造《ねつぞう》したとしか考えられない、イスラム原理主義の過激派組織の人間たちのようには見えない。

潔《いさぎよ》い人間は、自分の国を守るために、ここが自分の死に場所だ、と決めた時には、そこで死ぬ覚悟をする。その時はもう後には引かない、と自分で決める。女こどもと臆病者は、難民となって包囲網（シージ seige）の敵の封鎖線の検問所を渋々《しぶしぶ》越えて町から撤退してゆく。そして女たちの体内に、更に民族の新しい次の憎しみと抵抗の種《たね》がやどってゆく。それがあらゆる民族（国民）の歴史であり、人類の歴史だ。

私は今日はここで愛について書く。男女の愛とは何か、を思想家である私が書くのだからそれなりの本当のことを書く。

私は、ようやくこの歳になってはじめて、愛とは何なのかが分かった。英語で言えばラブ love あるいはアフェクション affection のことだ。「神への愛」とか「神からの愛」であるアガペー Agape ではない。地上の人間たちどうしのエロス Eros の系統の方の愛である。

これまで愛というのは何なのか私には分からなかった。これまでは愛とは性欲、性愛の別名だろう、くらいの生理学者あるいは動物学者のような理解しかなかった。私は、冷酷にサイエンティスト（近代学問主義者）であるから、学問的な事実の体系しか信じない。だからずっと、愛とはそういう種類の、動物的な人間感覚の一種だと思ってきた。

アメリカ映画『ザ・ウェディング』

私が愛とは何かをハッと知ったのは、最近、家で偶々《たまたま》テレビでやっていた映画作品を見たときだ。それは『ザ・ウェディング』というアメリカ映画だった。

この『ザ・ウェディング』"The Wedding" はテレビ用映画として制作されたものだから、劇場公開用の一般の商業映画とは異なる。だから日本で発行されている映画の本には収録されていない。ビデオでならアメリカ国内で販売されている。たしか二時間番組（一二〇分）ぐらいの長さがあった。

このテレビ・ネットワーク向けの映画を制作したのは、オプラ・ウィンフリー（Opra Winfley）というアメリカで有名な黒人の女性司会者である。

オプラは今でもバラエティー番組の司会者としては、女性ではナンバー・ワンの地位にあるはずだ。四、五年前に熱狂的なオプラ・ウィンフリー人気があった。アメリカの若い女性たちを中心にして、オプラを尊敬する言葉がたくさん飛び交った。

彼女は黒人でありながら、テレビ・キャスターとして苦労して這い上がり、自分の男遍歴のことも正直に語ったので、全米で一番人気のテレビ有名人になった。今は、すこし下火になっているだろう。

このオプラ・ウィンフリーの会社が制作した作品だ。この映画を私は、たまたま家で見ていて、それで「あ、そうなのか。愛というのは、こういうことなのか」と分かったのである。

この映画は、黒人の上流階級の人々の家庭を描いていた。今のアメリカには上流階級のように振る舞う黒人たちの階層が出現している。「顔がかなり白い黒人で、お金持ちで、高学歴の黒人たち」である。

私の映画評論集（『ハリウッド映画で読む世界覇権国アメリカ』講談社＋α文庫、上下巻、二〇〇四年）の中でも、この黒人たち内部の葛藤《かっとう》のことは、ある程度書いた。ミドル・クラス・ブラックス middle class blacks「中産階級黒人」と呼ばれる、高学歴の裕福な階層の黒人たちの存在である。

彼らの中には保守化して、今では共和党を公然と支持する者たちも出て来ている。その内部は複雑で、思想的にはリバータリアン型の自助努力型の、黒人の同胞に厳しい自立を訴える者たちもいる。『エボニー』という専門職の黒人たちが読むハイクオリティ雑誌もある。

この映画の舞台はマーサズ・ヴィニヤード島だ。マーサズ・ヴィニヤード島 Martha's Vineyard Island はマサチューセッツ州ボストンの南のさらに郊外の海辺の向こうの離島で、アメリカの古い島である。

一九九九年の七月一六日にジョン・フィッツジェラルド・ケネディ二世が、ニューヨークから自家用飛行機で奥さん、義理の妹さんと三人でこの島に向かおうとして、着陸寸前のところで事故死した島だ。このケネディ・ジュニアの事故死は、おそらく謀略による計画的な殺害であったろうと今でも囁《ささや》かれている。

ケネディ・ジュニアは『ジョージ』という言論誌とファッション誌を合わせたような優れた月刊誌を発行していた。自ら発行人兼編集長として、リベラル派のトレンディな人間たちを総結集して、アメリカ政界に新風を巻き起こそうと企てていた。このジョージ誌の動きに脅威を感じた、ロックフェラー系のユダヤ系の人間たちが、ケネディ・ジュニアを親子二代で葬り去ったのだろう。アメリカは、そういう凶暴な国である。

それで、このマーサズ・ビニヤード（Martha's Vineyard マーサという女性が切り開いたワイン用の葡萄果樹園の島）は、今でも富豪階級のマンション（高級住宅）が立ち並んでいる島であって、建国初期の開拓時代の遺跡が残る観光名所である。ふつうの人たちは、船（フェリー）でこの島にゆく。

映画は、この島に別荘を持つ黒人の上流階級の一家の話であり、そこの娘（長女）が、ニューヨークで貧乏なジャズのピアノ弾きの白人の男と付き合って、この島で結婚式を挙げることになって、その白人の若い男を島に連れてくる、という設定で始まっていた。

そして、この上流黒人家庭の権威的な母親が、立派に一家を切り盛りしているのだが、この立派な黒人女性が自分の娘に対して、「貧乏な白人の男と結婚すると苦労をするわよ」というような態度を見せる。今のアメリカにはこういう逆転劇も見られるのである。

この白人の男の両親は、この島で行われる予定の自分の息子の結婚式に来ないことが分かった。これでこの黒人一家の兄弟や、親子の中に微妙な陰《かげ》が現れ、それぞれの夫婦の中の疵《きず》やひきずって来た過去が露《あら》わになってゆく。

主人公である娘の曾祖母《そうそぼ》（ひいおばあちゃん）は白人であり、このお屋敷で寝たり起きたりしている。自分が小さい頃に「お前の髪は、なかなかまっすぐにならないねえ」とか

「顔がだいぶ白くなってきたね」と言われて育つ。

すでに亡くなっているが、回想場面で出てくる祖父は、ボストンにある黒人の学生だけの大学の学長をしていた立身出世組の立派な黒人だ。その奥さんが、器量の悪い（つまり白人社会では差別される）女性だった。神経症で早く亡くなった。その女性の母親である曾祖母が、高齢で登場するその白人老婆である。

娘は悩む。相手の白人の貧乏音楽家も悩む。そして、黒人の医者と結婚している妹夫婦も、「お前は真っ黒な黒人と結婚した」と言っては、母親と曾祖母に結婚に反対され、いじめられたことにずっと怒っていた。

この主人公の娘役を演じていたのが、ハル・ベリーである。ハル・ベリーは、たしか、あのウォーレン・ビーティが作った、ハリウッド・ユダヤ人のハリウッド支配に抗議した激しい暴露映画である、秀作『ブルワース』"Bull worth"で、主演を自ら演じたウォーレン・ビーティの相手役を演じた黒人娘である。ハル・ベリーが今でも、黒人女優としては、アメリカで一番人気を保っているはずだ。

いろいろな事件を織り込みながら映画は進む。そのうち、この立派な黒人の母親の夫で立派な黒人医師である父親が、実は、自分の部下の看護婦の独身の黒人女性と一緒にパリに逃げようとしていたことが、飛行機の切符から発覚する。

「娘の結婚式が終わったら、私は、もうここから去ろうと思っていた」と奥さんに白状する。

奥さんが言った。「私たちの結婚生活には、愛が無かったのよ」

私は、この時、愛というのは何であるか分かった。

愛というのは、男と女がいて、その時に「一緒にいて、楽しいこと、気持ちがいいこと」のことなのだと、はっと気づいた。

愛とは気持ちがいいこと、楽しいこと、嬉しいこと

愛というのは「男女が、一緒にいて、気持ちがいいこと、楽しいこと、嬉しいこと」のことなのだと、気づいた。ああ、そういうことなのか。一緒にいて、同じ時間を共に過ごしていて気持ちがいいこと、楽しいこと。これが愛だな、と私は分かった。

これで、私の「愛とは何か。愛するとはどういうことか。そうなのだ。男女の幸せとは何か」への答えはすべてである。なーんだそんなことか、と言うな。愛とは、「男と女が、一緒にいて楽しいこと、気持ちがいいこと」のことなのだ。

だからこの黒人中年夫婦には愛が無かった、ということは「長年、一緒に暮らしてきて、ちっとも楽しくなかった、気持ちがよくなかった」ということだったのだ、と私は分かった。

言葉学者、言語学者でもある私にとって「愛」というのは、明確に言葉で定義《デフィニション》すればこういうことだったのか、とこの映画を見て初めて理解できたのである。

女という生物は自分の付き合う相手の男に、この「愛」を求めているのである。つまり

「一緒にいて、気分がいいこと、楽しいこと」を求めているのである。これが人類の女の男に対する長い歴史の中での要求だった。

そして男たちがこの女たちの切実な願いを裏切って、他の女の方に向かったり、他の女と付き合おうとしてきた。だから愛というのは「男女が、一緒にいて気持ちがいいこと、楽しいこと」という定義で十分であることが私に分かった。

性欲や、性行為のことはここでは問題にならない。セックスなどはなくても生活していて気分がいい、気持ちがいい、という状態が続きさえすればそれでいいのである。楽しく時を過ごせるか、一緒にいて気持ちがいいかどうかが一番重要なのだ。愛（ラブ）というのはそういうことだったのか、と私は分かった。

日本語とはどういう言語かをずっと研究している私、副島隆彦が「愛とは何か」がこうして分かったということは、日本語で将来作られる新しい国語辞典の定義《デフィニション》としても「愛」の語義が完成したということだ。この「愛とは、男女が一緒にいて、楽しいこと、気分がいいことである」という一行で定義が足りている。「好き」「好きになる」という言葉のところにも同様の記述が載るようになるだろう。

ファインとは何か、ハッピーとは何か

それでです。私は自分の著作の『英文法の謎を解く』（ちくま新書、全三巻）の中で「ハッ

ピーとは何か。アイム・ファイン（I'm fine）のファイン fine とは何か。日本人にはこの区別がいまだについていないのだ」と書いている。

おそらく、今の今でも日本の高学歴の人間で、英語がそれなりに出来ると自認《じにん》している人間たちでも、この「しあわせ」という英語の言葉の意味を、体で分かるとか、実感で分かることをしていないだろう。つまり日本人は、まだハッピーとファインの違いも、本当の意味も知らないままだろう。私はこう断言してもいい。

だから、ここで「愛とは何か」に補足して、ほぼ同義語である「しあわせ」についてもここで再説しておく。日本人はいまだにこのハッピー happy の正確な意味ひとつ知らないで、教わらないで生きている、東アジアの一種族なのである。

「アー・ユー・ハッピー？」と英語で聞かれたら、私たちは一応「イエス、アイム・ハッピー」と答えるだろう。そのとき日本人である私たちは「私は、幸せです」の意味だと思っている。

では、「しあわせ」とは一体何なのか？　だから「幸運だよ」とか「気分がいい」とか「楽しい」ということだろうと思っている。

ただし、「幸運な」はラッキー lucky だから、こちらの方が本当は「幸運だ。ラッキーだ」なのだ。ハッピーとラッキーは違うのだということも知らなければならない。ラッキーとは、フォーチュネット fortunate のことであり「幸運な、運がいい」なのである。ハッピーとは全くちがう。

根本からたたき直せ、日本の英語教育公教育

それでである。

「ハウ・アー・ユー」(「ご機嫌いかがですか」)と英語で尋ねられたら日本人は、条件反射的に「アイム・ファイン。サンキュー」と答えることになっていて、そのように中学校で習った。そして、その意味は「はい。私は、元気です」だと思っている。

それでだ。では、その時のアイム・ファインの「ファイン」とは、どういう意味ですかと改めて聞かれると、答えられない。

アイム・ファインに相当すると習った「私は元気です」の意味が分からない(注記としてここで書いておくが、「元気」の「元《もと》の気《き》(基)」という重要な東アジア語(=中国語)の重要性については、ここでは書かない)。

アイム・ファインというのは実は「私は、元気です」では足りない。これでは意味が不明である。これは実は正確には「私は今、体の調子がいい」という意味だ。

ファインというのは「(人間である私の、今日の)体の調子がいい」という意味だ。だからこれは「アイム・イン・グッド・シェイプ」とか「アイム・ヘルシー」の意味なのだ。

それに対してアイム・ハッピーの方が「私は幸せです」ではなくて、正確には「(私は、

今日は）頭の調子がいい。嬉しい。気分がいい。脳が正常な状態である。楽しい」ということなのだ。

このように、ハッピーとファインは、英語（西欧語）では対応し合っている言葉であって、ハッピーは「頭（思考能力）の調子がいい」であり、ファインの方は「体の調子がいい。体調がいい。健康です」の意味なのだ。

だからアイム・ハッピーは「アイム・プリーズド」＝I'm pleased. と同義文であり「私は、嬉しい、楽しい、気分がいい」だ。ハッピーとファインを、このように対応し合ったコトバとして理解しないと、ハッピー happy という英語の言葉ひとつ日本人は、正しく理解できないのだ。一事が万事で、この調子だから、日本の英語公教育《ジャパンズ・パブリック・イングリッシュ・エジュケーション》は根本からたたき直して完全に一から（一三六年前の明治の元年から）やり直さないと駄目なのだと私はずっと書いてきた。

私のこのような根拠《グラウンド》（土台）を持つ、深い憤りを理解してくれる人は私の弟子たちや熱心な読者の中にもまだ少ない。私の魂の中の先生は、サー・サミュエル・ジョンソンである。

ここまでで分かってきた通り、「人間どうしが、一緒にいて、その場で気分がいい。気持ちがいい。楽しい。しあわせだ」。これが、愛《あい》である。ということは、「一緒にいて、楽しくない。不愉快だ。気分が悪い。嫌悪感や、憎しみを感じる」時に、そこには愛は無いのである。

この使い方が分かると、今の二〇代の若者たちの間の愛唱歌で、カラオケで彼らが歌っている、私にはとてもついてゆけない一六ビートの速さの、あの曲たちの中の「あのとき、僕たちには愛があったね」というような歌詞の意味が分かる。性愛は必ずしも必要ない。

結婚、夫婦生活の真実

それでです。私なりに「愛とは何か」が解明されたあと、私の親しくしている読者の一人から結婚報告のメールを戴いた。

そこで結婚、夫婦生活とはどのようなことを言うのかを考えてみたいと思います。

結婚前の男女の喧嘩《けんか》の本質は実は「両家の激突」である。それぞれの親が相手側の譲歩を迫り、その若い夫婦ののちの一生までをも管理するような、すさまじい交渉事だ。

だからその時期から、新婚夫婦は、互いに自分の取り分を要求する激しい交渉者となる。「君には、ただ自分の妻らしくかしずいてほしい」と願っているだけだ、などという男の側の甘い言葉では済まないのであって、向こう側の親たちの利害と要求がある。

女が、家事や生活レベルでどれぐらい強いかを男はこの時に思い知らされる。激しい男女の愛は「駆け落ち同然」の男女だけにあるのであって、それ以外の普通の結婚は、しばらくすると両家の利害の激突する争いのちまたとなる。

もっと言えば「娘の親である自分たちの面倒まで君が見て下さい」という意味だ。だから、夏目漱石が抱えたテーマのように、三角関係を清算して、罪を背負ったまま生きる男女が愛を体現する。ここで「両家の争い（自分たちの将来利益の要求）」は、二次的（セカンダリー）になる。

夏目漱石が終生執拗に追求したテーマは、それぞれに亭主と前妻を捨てた女と男が、崖の下の暗い家で暮らす、というテーマだ。

吉本隆明がそうだが、田原総一朗も実はこの逃避行の愛に生きた人たちだ。

再婚どうしの男女が背負った罪を背負った激しい愛と、世間を避けるその後の生き方の暗いところに「夫婦の愛」という地獄が見える。

だからこれから結婚しようという人たちに助言する。いくら激しく夫婦喧嘩をしても、これもまた立派な男女の交渉事であって、このあと普通の夫婦としての堂々とした社会的な行動を夫婦として取って、社会に対しても振る舞いなさい。

結婚とは最後は、家族制度というまさしくきわめて国家体制の基盤、秩序そのものの根幹である。そのときには、男女の愛はたいてい終わっているが、それでも家族愛、人間愛としての外目《そとめ》には立派な夫婦が出来あがってゆく。

私は男女の愛の妄執《もうしゅう》の果ての結婚組ではなくて、ごく普通の社会的な結婚だから、今も堂々と生きていられる。

だからこれから結婚する三〇代の弟子に向けて結婚へのお祝いのことばとして、以上の走り書きをした。当面は「両家のつばぜり合いの感情むき出しの激しい時期」を生き延びて下さい。ご結婚おめでとう。

［二〇〇四年一二月一日記］

ウルよ、安らかに眠れ

今日は私にとって悲しいことがありました。今朝八時半頃、私の飼い猫の「ウル」が死にました。道路に飛び出して車にはねられて、即死状態でした。体はきれいで口からも血は出ていませんでした。内蔵破裂で死んだのでしょう。相当なスピードの車に衝突したようです。道路沿いの電気屋のおばさんがすぐに気づいて、死体を段ボール箱に入れておいてくれました。

その箱ごと引き取って、猫の死体はすぐに家の中に運んで、まだ暖かい毛皮をさすりながら、家で泣いていました。私はそのあとも、家族と一緒にしばらく泣いていました。家内が息子を急いで学校から連れて帰って来て、一緒に猫を庭に埋葬しました。

たかが猫一匹のことで大騒ぎしてはいけないのですが、この猫には私の大きな思い入れがあります。本当にかわいい、性格のいい猫でした。ほんの今朝まで一緒にいたのです。私は今朝は三時に起きて仕事を始めました。ウルも二階から降りてきてエサを欲しがりましたので、少しだけあげました。

そのあと外に出たがるので、「まだ早すぎるから二階に上がってベッドで寝なさい」と軽く叱って追い上げました。寝にもどったようです。外に出したのは七時過ぎだったでしょう。息子が学校にゆくのをこの猫が外の道ばたから見ていたことを覚えています。それが最後の元気な姿でした。

この「ウル」が我が家にもらわれて来た頃は、まだマグカップ（大型カップ）に入るぐらいの小ささでした。私の両手の手のひらにはいったことを覚えています。

この猫の命は三年六カ月ぐらいでした。私と家族にとっては、この猫がかわいそうでならない。家族同然で暮らしてきたのですから。今日からもういないのだと思うと本当に悲しくなります。

たかがペットの猫一匹でみっともないことを書くな、と言われても私はかまわない。生き物の命の尊さを今はかみしめるしかないのです。ペットが死んだからといって、悲しむのは家族だけだ。それが当然だ。人間が死んでも悲しむのは、その人を知っている人たちだけだ。他人にとってはどうでもいいことだ。

このウル（フランス語で、ウールー heureu と発声して、幸せな、幸福な、という意味）は、私が『人類の月面着陸は無かったろう論』（徳間書店刊、二〇〇四年）を書き始めた二〇〇三年四月から後の大騒ぎの最中《さいちゅう》に貰われてきた。

だから私は、ネット上の黴菌《ばいきん》のような、おかしな連中からの集中攻撃に遭《あ》っているさなかにこの猫が我が家に現れて本当に嬉しかった。

そうしたらネット上で、私のことを憎み、くささないと気が済まないネット偏執狂たちの中から「ソエジーの家に子猫が来た。こういうことを書く副爺をオレは許してやる」というような内容の書き込みがあった。

捨て猫

ウルは、はじめは捨て猫だった。それを私の奥さんの千葉の友人が「米軍キャンプのフェンスのそばで、子猫が死にかかって弱っていたので、家に連れてきました。三週間ぐらいたちますが、私の家には赤ちゃんがいるのでこのまま子猫を飼えない。ソエちゃん、もらってくれませんか」と、私の奥さんが頼まれてそれで貰ってきた猫だ。

やや凶暴な猫であった。生まれて初めてのときに人間から大事にされていない捨て猫の場合、野生の本能が大きいからなかなか人間になつかない。このウルもすぐにかみつく猫だった。外見はまったくの雑種で、いわゆる茶虎《ちゃとら》である。虎皮に縞模様があるどこにでも居るような日本猫だ。しかし、どこか、アメリカン・ショートヘアに似た野生の荒さがあった。人が不用意に手を出すとガブリとくる。鋭い爪をたてた。

つい最近も私は、ウルにひどく爪と歯でかまれて血だらけになった。外に出ていて興奮しているときのウルのお腹を不用意にさすっていたからだ。

ウルは一歳のときに、去勢手術《キャストレーション》をしている。二月頃、猫の盛りがついて、ぎゃーぎゃー騒ぐし、外で他の猫と縄張り争いでケンカをして傷だらけになって来る感じがあったので、奥さんがさっさと近くの動物病院に連れて行った。

私が帰ってきたときには、もう手術のあとだった。首のまわりに「手術箇所の傷口をなめるのを除ける」ための例のプラスチックの大きな襟《えり》をつけられていたので、私は可哀想だったので引きちぎってやった。

このころ私はウルの去勢のことを「雄《おす》としては去勢なんかいやだよなあ」と言っていた。しかし私の読者の、もうすでに定年退職していた年配の方に「先生。その猫は奥さんの猫でしょう。ペットは飼い主のものだから（飼い主が決めるのです）」と言われた。

それで私は、なるほどと思って黙った。そして私の奥さんの思い通りになった。我が家では、たいていのことは私の奥さんの意見が通ってしまう。初めのうち私はワーワー言っているが、そのうち自分の考えに合理性（ラチオ、リーズン）が無いなと思うと黙って引き下がる。

ウルは去勢しても本能の部分で闘争精神が残っているので、それで私がひどくひっかかれて血だらけになったりした。猫を見下《みくだ》して、いい加減に愛玩して、からかおうとするから反撃に遭うのだ。

野生動物は自分の方からは決して攻撃しない。エサを取るときと自分の身を守るとき以外は、牙《きば》や爪《つめ》を振るわない。無益な攻撃やケンカは絶対にしない。動物というのは平和な生き物なのだ。不必要な争いごとは一切しない。動物には、アイドルも、芸能人も、政治家も、支配者も、税金官僚もいない。人間がいちばん無益で残酷な生き物だ。

ウルを葬る

ウルの死体を埋めるために、庭にスコップで穴を掘った。五〇センチぐらいの深さまで掘ったら木の根っこが出てきたので、もう少し掘っただけで諦めた。ウルはもう三歳の成犬ではなくて成猫《せいびょう》だから、おそらく六キログラムぐらいになっていただろう。少し太めの猫になっていた。去勢して、食べることと外を散歩する（徘徊する）しか他に楽しいことがないのでよく食べた。

猫用のダイエット・フードを朝夕二回と、それから大好物の鰹節《かつおぶし》のパックを数回、少しずつおやつに食べさせていた。外から帰ってきたら食べられるものだと思っていたようだ。なるべく痩せさせたいので、余計にはやらなかった。まぐろの刺身の切れ端とかを食卓のテーブルの上でも与えたので、全く家族の一員であった。奥さんが猫の健康管理もしっかりやっていたので、いつも元気だった。外で除草剤の毒を吸って帰ってきたときに、吐いたりしたのを知っている。

トイレの始末も大きな猫用のトイレ箱を買って来てあって、それに砂と紙を混ぜたような小さな石ころのようなものを敷いて、そこでしていた。奥さんと息子がその後始末をよくやっていた。だからうちの猫は外では用足しをしなかった。えさ入れの脇には、いつもきれいな水が置いてあって清潔で健康にしていた。

ウルは時々、トカゲを捕まえてきた。スズメを口にくわえてきたこともある。小さなヘビを捕まえてきたこともある。犬猫は、エサを捕まえてくると、それを人間に誉めてもらいたいので、誉めなければいけない。叱《しか》ってはいけない。初めはトカゲを弄《もてあそ》んでいるのだが、そのうち私が取り上げて捨てた。息子がトカゲをペットボトルに入れて小学校に持っていったりしていた。

私の家に税務署員がふたり来てテーブルで話していたときに、ウルが突然大きなトカゲをくわえて帰ってきて、みんなで一瞬、大騒ぎになったこともある。税務署員たちは計画的な嫌がらせではないかと疑っただろう。そういうおもしろい猫だった。私にとっては、いつも私の机の足元で寝ていたかわいい猫だ。

都会ではもう動物さえ飼えなくなった。えさ代も大変で、動物を飼っている家は少なくなっている気がする。犬は猫よりも賢いし、飼い主に盛んに愛情表現もするから人間の愛着がさらに強いだろう。しかし、ワンワン吠えると近所に迷惑である。それに犬は散歩に連れて行かなければならない。

どんな家でも犬を飼っている家では、散歩当番で家族が争いになるだろう。あるいは、犬にとって優しい人間は決まっていて、その人がもっぱら散歩と身の回りの世話をしてくれるのだろう。性格の暖かい人間に飼われた犬猫は幸せだ……。

悲しみが止まらない

私は、ウルを埋葬したあと、大学の授業があったので一〇時には家を出た。飼い猫が死んだことで泣いてばかりもいられない。息子は小学校に戻った。奥さんがうさぎの置物とお花をたくさん買ってきてお墓に供えたようだ。

大学に着くまでの電車の中でも私はボーっとしていたが、もう明日からはウルに会えないと思うとやはり悲しみが込み上げてきた。そのうち、新しい猫がうちにはまたやって来るだろうが、私はウルを愛していた。私の人生で、生きることに余裕が出てから飼った動物はウルが初めてだったから、なおさら自分の子どものように感じられた。いっそ捨て猫の、野良猫のままでそばに寄ってきた猫をすこし面倒を見ただけぐらいにしておけば、悲しみもこれほどではないかもしれない。

大学に着いて何とか間に合って、午後一時からの「法律学概論」の授業を一コマやって研究室に帰ってきたら、また無性に泣きたくなった。授業でちょうど「交通事故にあったときの法律知識で、民事紛争と刑事事件になる場合の違い」などを説明しながら、やっぱり泣き出した。学生たちは同情してくれたようだ。たかが猫一匹のことで、大人気《おとなげ》ないと思うがどうしようもない。しばらくして落ち着いてからこの文章を書き始めた。

私は来る途中の電車の中で、流れる電光掲示板のニューズの新聞記事で、安倍晋三首相の報道を読んだ。それは今日の午前の中国共産党の幹部との会談で、中国側が「日本は核保有をしませんね」と尋ねられて「しません」と安倍首相は答えたという。さらに「非核《ひかく》三原則《さんげんそく》を守って下さい」との中国側の要望に対して、はっきりと「守ります」と答えて、そのあと「安心して下さい」とまで言ったそうだ。

私は猫のことで悲しいながらも、安倍晋三のこの発言に自分の心が大きく安《やす》らぐのを感じた。これが一国の首相になって、一億二七〇〇万人の国民の命と暮らしの重さをずしりと肩に感じた人間のコトバだ。これにはウソがないはずだ、と私には分かった。

研究室の窓の外が暗くなった。もう午後五時を回った。

私は今日は、自分の飼い猫が道路に飛び出して死んで、悲しくてならない。人間が悲しいのは、それは、自分が悲しいからだ。死んだ者と自分との楽しかった日々を追憶して、そして、それがもう帰ってこないと知って、それで泣くのだ。

人は、死んだ者を悲しんで泣くのではない。死んだ者を哀悼している自分がかわいそうで、それで泣くのだ。遺《のこ》された自分があわれで、だから泣くのだ。

人は、自分を大切にして、かわいがってくれて、大事にしてくれた人の死に対して本気で号泣する。その人にかわいがってもらって大事にされた自分がかわいそうで、それで泣くのだ。私の猫はたった三年間だったが、私に多くの温かさを与えてくれて、愛玩すべき対象として、私にとって大切な生き物だった。

　動物の目はすっきりと透明である。人間をじっと見つめることはあまりしないが、今朝の三時に私が少しだけえさをやったあと「まだ暗いから、上で寝ていなさい」と言って階段に追い払ったら、怪訝《けげん》そうな顔をして、私をじっと見た。あのときのウルの目が、今も忘れられない。

ブッダのことば

人間は、自分が愛しているものに死なれると本当に悲しい。冷酷な現実主義と、強欲思想（ラチオ、リーズン）だけではいけないのだ、と仏陀《ぶつだ》（ゴータマ・シッダルダ）もイエス・キリストも本気で説いたのだ。私はそれが分かる歳になった。大教団になったあとの宗教団体はどうでもいい。私は、ひたすら本当の信仰者の透き通った声を聞きたい。

　仏陀の他の仏典（お経）とは違って、本当に彼本人のコトバであろうと思われる『ブッダのことば』（中村元《なかむらはじめ》訳、岩波文庫）のあれこれが今は一番、身にしみる。ヒンドゥー教の修行僧としてきちんと戒律を守って厳しい修行をしているときのブッダのコトバだ。

　ここには仏陀（お釈迦様）が本当に語った言葉、他の多くの偉そうで難解な仏典（お経）

とは違って、本当に、お釈迦さまが語った言葉が書かれている。

一、蛇の毒が身体のすみずみにひろがるのを薬《くすり》で制するように、怒りが起こったのを制する修行者（比丘《びく》）は、この世とかの世とを共に捨て去る。蛇が脱皮して旧《ふる》い皮を捨て去るようなものである。

二、池に生える蓮華《れんげ》を、水にもぐって折り取るように、すっかり愛欲《あいよく》を断ってしまった修行者は、この世とかの世とを共に捨て去る。蛇が脱皮して旧い皮を捨て去るようなものである。

（出典『ブッダのことば』（スッタニパータ）、中村元訳、岩波文庫、一九八四年初版の冒頭の章の、第一ページ目の文章）

私の愛したウルよ、安らかに眠れ。

［二〇〇六年一〇月一七日記］

III 思想

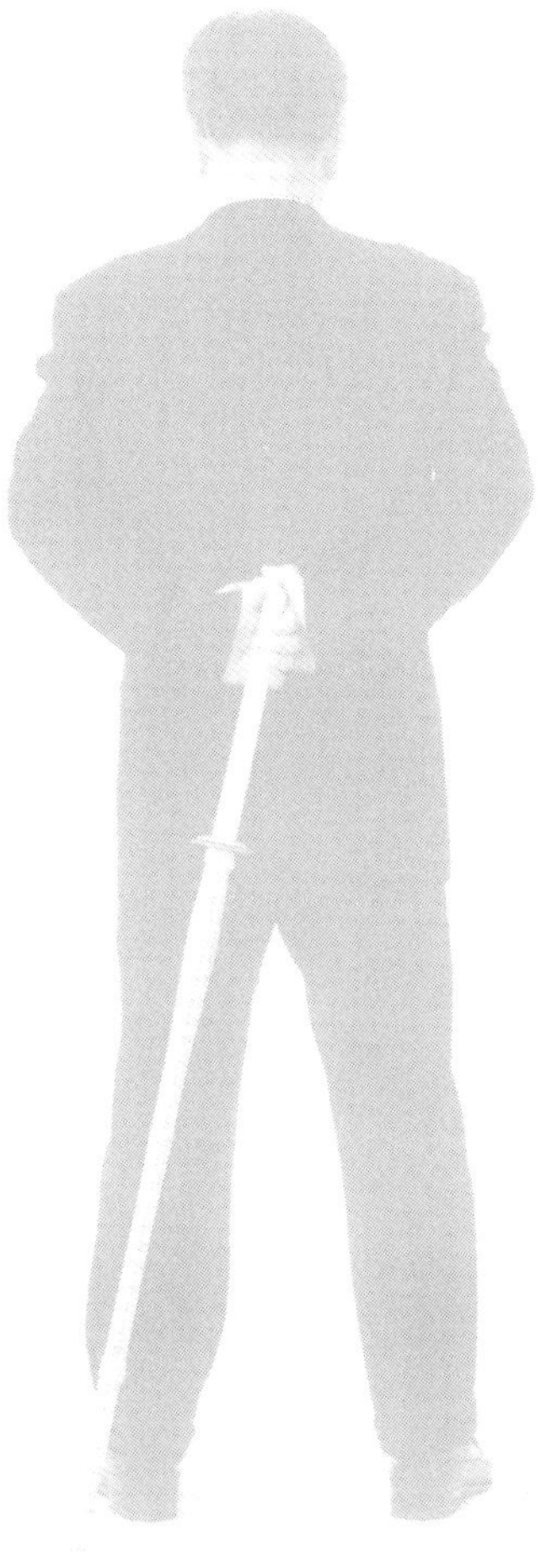

日本フェミニストのアキラ君に答える

私は、三日間考え込んだ。私に手紙を書いてきたアキラ君と名乗る女性学者に対してどのようにアドヴァイスしようかと、私の脳が勝手に思考作動していたらしい。

昨夜、電通《でんつう》が主宰する研究会に向かう途中の、築地の聖路《せいろ》加病院の前を通り過ぎたころ、私の頭がはっきりした。セイント・ルーク（St. Luke）だけは一二使徒のなかでユダヤ人でないことがはっきりしていた。だから、イギリス聖公会《せいこうかい》（アングリカン・チャーチ）は長く聖ルカを崇《あが》めたのだろう。私の頭はそれまで、講談社から出す予定の本の、前書き兼第一章の冒頭の太い柱の部分の「書き方」のことでずっと悩んでいた。このこともあって、私は極めて体調が悪かった。

寒さのせいでもある。自分の持病の気管支炎の残存症による〝微熱《びねつ》中年〟も続いていた。私は、自分こそはセンサー（環境感知器）である、といつも自覚している。私の体と頭は、状況や自然環境さえも鋭く感知《センス》する。私の脳が勝手に苦しむ時は、そのとき、この国の時代状況の中で何か異変が起きている時だ。私の体が勝手に反応を示すのだ。

私はその頃、「空母《くうぼ》副島は、急激に左旋回《ひだりせんかい》する。昨年の一一月に、ハッと気づいた。騙《だま》されるな、日本人よ。この私でさえ、ほとんど危なかったぞ」と書こうと思って、ずーっと悩んでいた。内容に悩んでいるのではない。書き方にだ。

今の私が言論号令を掛ければ、日本でいちばん敏感な二千人（私の敵どもを含めて）が、ビリビリと反応することを私は知っている。そのための書き方がずーっと分からなかった。文体《ぶんたい》、スタイル style という。日本語には残念ながら文体論は体系だってない。日本語という言語《ランゲッジ》は近代言語ではないからだ。

しかし、もういい。この原稿を書いたあと、私は新たな言論の戦場に出撃してゆく。ゲーム・マニア風に言えば、「副島隆彦は、さらにヴァージョン・アップして、パワー・アップして」ゆきます。

もう後戻りは出来ない

日本フェミニストのアキラ君の文を、まず以下に載せます。

投稿者：アキラ

副島さんの著書を熱読しているフェミニストです。ついでに大学教員で、今、研修でニューヨークに来ています。属国日本の悲哀を感じています。私はフェミニズムという思想を選んで生きてきましたが、それを支えるだけの物質的基盤と精神的基盤がまだ世界の大方にありません。ですからこちらにいても悲哀を感じています。金がかかりすぎますからね、女全般《おんな》の解放には。また、解放されてもやることがない女性が多いでしょうし。今のままの抑圧された形態の方がまだ、大半の女性の暇がつぶれていいのでしょう。

副島さんの『世界覇権国アメリカを動かす政治家と知識人たち』に登場する優生《ゆうせい》学者で、フェミニスト学者のSonia Schankman《ソニアシャンクマン》について調べました。ネットや図書館の検索で調べても、著書がわかりません。ただ、シカゴ大学系の知能障害の子ども用の学校にSonia Shankman School《ソニアシャンクマンスクール》というのがありました。もし何か御存知なら、教えていただきたいのです。

このアキラ君は、たいへん優秀な日本女性だと判断がつく。この文章は、簡潔明瞭に必要な情報を私に伝えている。彼女の現在の苦しい研究環境や、学問（サイエンス）遂行上の苦悩がよく表れている。

私は、彼女を何としても励まさなければならない。がむしゃらに死にもの狂いに勉強している、今の苦境からなんとか這い上がってほしい。

「研修でニューヨークに来ています。属国日本の悲哀を感じています。……金がかかりすぎますからね、女全般の解放には」という書き方に、彼女の精神的な苦闘がよくにじみ出ている。

アキラ君は、「フェミニズムという思想を選んで生きてきました」「私はフェミニストです。ついでに大学教員です」と冒頭で書いて寄越している。ということは、日本の学界ではそれなりに若手新人として登場しているフェミニスト（女性学、ウィメンズ・スタディーズ Women's studies）の女性学者だということだ。

だから、彼女は、ゴリゴリ（あるいは、ガチガチのほうが通常の日本語か）の日本的リベラルの政治勢力あるいは政治文脈の中で育って生きてきた人でしょう。彼女の周りの友人や指導教授たちもいわゆる女性学の学者たちであろう。その環境を振り切るようにして、ニューヨークにサバティカル・イヤー（Sabbatical year 七年に一度の大学教授の休暇のこと）にやって来て、副島隆彦の本に、おそらく、ニューヨークのロックフェラーセンターそばの紀伊國屋書店で行き当たって、読みふけってしまったのでしょう。おそらく、彼女は、大きな真実に気づいてしまった。

もう後戻りは出来ない。

私、副島隆彦という人間の本に出会ったら、その人はもう引き返せない、という宗教団体の教祖のようなことを言っているのではありません。「この世界の成り立ちについての大きな真実の、その学問的な表現」について、日本（語）では唯一、私しかはっきりとやっていない。彼女はそのことに気づいてしまった、ということだ。

本来なら、アキラ君のような日本リベラル派の純系を生きてきた人は、副島隆彦の本に近寄ってはいけないのだ。長い目で見て、学者としては苦難の人生になる。

多くの友人を敵に回してこのあと闘い続けなければならないことになる。それを覚悟しなければならなくなる。彼女自身がこのことに深刻に気づき始めている。

私は、そういうことが手に取るように分かる。それは、私自身がかつてたどった道だからだ。それは、端的には、私が映画評論本の振りをして書いた『ハリウッド映画で読む世界覇権国アメリカ』（現在は、講談社＋α文庫、上下巻）のなかで書いたとおりだ。映画『猿の惑星』を論じた章で、「私は、ここ（日本）が、猿の惑星であることに気づいた、若い優秀な猿なのだ。だから学問原理的にものすごく強い。だからもう引き返せない。この難儀な人生を生きてゆかなければならない」と。私のこの思想解明を最高点で理解共有してくれるひとが、すでに三〇〇人ぐらいいる。そのうちの三〇〇人は私のサイトに集まってくれていると、私は判断している。

アキラ君は、まだずーっと迷っている。これからも五年、一〇年と思想的に迷うでしょう。彼女は、自分がこれまでに勝ち取ってきた自分の学問研究環境を守らなければならないから、そうたやすく、副島隆彦的な理解に一気に行き着くことはしないだろう。それは危険であり、無謀だ。

私が独力で、苦労しながら日本（語）で切り開いてきた「世界の理解の仕方」は、私独特の穴の掘り方である。私はこのやり方で、金鉱の鉱脈にぶち当てたぞ、という実感がある。「欧米近代《モダン》ちょうど五〇〇年」なる大きな金鉱脈にぶつかった。そしてこのことは、やろうと思えば他の人たちにも出来る。ただし相当の決意と根性が必要である。自分の人生を投げうつ覚悟が必要である。

フェミニストというのは、女の極左《きよくさ》（極端な新左翼）のことを言う。その反対の対極の女たちが、女の極右だ。彼女たちはお化粧品と宝石・毛皮等の「光り物」に狂うブランド主義者だ。生来の保守派であり、徹底した反進歩主義者であり、「男と競争しよう」などという愚かな考えをこれっぽちも持たない。それが女の極右たちだ。極右の女たちは、ファッション雑誌や『婦人画報』を狂ったように読み込む。私の奥さんがそうだ。その姿を私は毎日横で見ている。

これは世界的な区別の基準であり、勢いであり性質である。だから、ここにも右と左の大きな二つの勢力の間の闘いがあるのであって、日本もその中に含まれる。例外ではない。

圧倒的に強大なこの女の右翼（保守派）たちの、分厚い生活庶民層を敵に回して、日本のフェミニストたちは、貧しい拠点に立《た》て籠《こも》って、「女たちよ。資本の論理に騙されるな。目覚めよ。男支配と命懸けで闘え。女に生まれたことの、この苦難の歴史と、屈辱をすべて清算しよう」と絶叫している。お化粧もしない素顔、すなわち、すっぴんで。文学少女くずれの中年労働婦人である私の姉がそうだ。だから私には、この姿も身近である。

これは世界的な区別の基準であり、勢いであり性質である。だから、ここにも右と左の大きな二つの勢力の間の闘いがあるのであって、日本もその中に含まれる。

女が偉大な瞬間

フェミニストもいろいろだ。フェミニストのくせに全身をブランド品でつつんで、軽やかに、「女の解放」を、ヘラヘラと同性にも、異性の「金玉を無くしたような」フェミ男《お》君たちに色目を使いながら、話す女たちもいる。あの「東大ブランドがあるからこそ私たちは、フェミニズムで闘いつづけられるのよ」と公言する上野千鶴子《うえのちづこ》女史の長年の恋人もこの手のふぬけのフェミ男君だろう。まさに「スカートの下の劇場」だ。みんながみんなフェミニストはゴリラのように強い女どもではないし、フェミ男を旦那にしているわけではない。あの栃木県で船田元《はじめ》を破って当選した民主党の水島広子という慶応大医学部出の秀才女も、旦那は、「君の好きなように生きたらいいんだよ」という「優しい、理解のある」フェミ男だ。「優しい、理解のある、思いやりのある夫」というのは、貧乏庶民階級にもけっこう沢山いる。「まじめな、浮気もしない、ギャンブルにも酒にも狂わない、堅実なお父さん」という人種だ。

大衆的なフェミニストたちと、密かな特権階級でもある学者フェミニストたちの世界は当然にちがう。思想とか言論とか学問というものは、どうせ特権階級のための道具だ。遊び道具なのか、生活必需品なのかは、その人による。私の場合はすでに生活必需品の域を出て、商売道具（生産財）にまでなっている。

アキラ君は、私の上野千鶴子論（遙洋子《はるか》の書いた本を介在している）がたしかネット上に書いたものがありますから探し出して読んでみて下さい。上野の有名な発言である「女は、自分の胎内に、自分をやがて蔑《さげす》み、自分を奴隷として扱う（息子という）エイリアンを宿すのだ」という極《きわ》めつけの一文がある。この彼女の言葉（研究成果）をそこに引用しておいた。

確かに、中学生のころの私は、自分の母親を「このババア」と呼んでいた。そうしたら、竹のものさしを手にした、母親に追い掛け回されたこともある。私は一四歳の中学生の頃から政治的（政治少年）であったから、高校生になったら当然、暴れていた。そういう時代だったのだ。母親を高校側に人質にとられた。教師どもは私が、政治活動で暴れられないようにしようとした。最後は、仲間の優秀な男（のちに医者となった）と私の二人が、中途退学処分になった。高校に呼び出された母親と二人でトボトボと高校から歩いて出た。「もう、あなたの好きなように生きていきなさい。お母さんは、あなたを信じているから」とポツリと言った。

女は、こういうときが一番、偉大だ。母親なるものの偉大さのまえに、すべての男は、頭をさげる。子どもを産もうともせず、子どもを産むことを怖がる性質（傾向）が強いから、フェミニストのイライラ女たちには、この母親なるものの偉大さが分からない。こんなことまで平気で書く私は、女性差別主義者（セクシスト）の分類さえ超えて、もう彼女らの相手にされないだろう。

マイノリティ（少数派）というのは本当は「被差別民」と訳すべきなのだ。同じくエスニック・スタディーズ（ethnic studies 少数民族研究）というのも本当は、「被差別民研究」と訳すべきだ。そうすれば、これまでの日本知識人層のこの分野での無理解の低脳状態が一気に晴れるだろう、と書いたのも私だ。異論、反論があるならどこからでも、誰からでもやってくるがよい。すでにこの国で、一番頭の良い者から順に二〇〇〇人は、密かに私の本を「顔を引きつらせながら」読んでいる。

その数は、やがて二万人になる。一〇万人にまではほうっておいても増える。そしてそれが限度だ。それ以上は、論理的思考力《ロジカル・スインキング》を伴って考えるということが出来る人間の数は日本には存在しない。だから、そこが私の影響力の限界だろう。

だから私の本の読者は、すくなくともこの〝猿の惑星〟の一番上の方の賢いサル（高等猿類！）たちである。彼らは、たちがわるいから、私から世界基準の知恵（ワールド・ヴァリューズ world values）を盗むだけ盗んで、あとは知らん顔をする。この土人たちの国の知識のハイアラーキー（階層秩序）を壊すことなく、このまま作ってゆくだろう。だから私は、彼らと闘うのだ。学問道場のサイトに寄ってきて、「まんまと俺も副島隆彦から泥棒してやろう」と考えているワルたちに、「警告」の刷り込みを毎回やっている。

アキラ君も怖がって、もう二度とここには来ないかもしれない。それならそれでいい。

私は、それらの全てを見通す。御身大事《おんみだいじ》で、消えるなら消えればいいのだ。

人と出会う、その重要性

ようやくここから、アキラ君からの質問に答えます。

私にとっては、一冊の本を書き上げるよりも、今は、アキラというこの優れた素質をした若い日本人女性学者に向かって本気で、助言した方が意味があると考えます。

名門シカゴ大学の構内の南側の、最もゲットー（貧民街）に近いところにソニア・シャンクマン・スクールがあります。たしか、美術大学院（Fine Art School）のとなりが、社会慈善活動大学院（Social Service Administration）で、そのとなりがロー・スクールで、そのとなりだったと記憶します。

シカゴ大学が誇る、偉大なる〝優生学《ゆうせいがく》過激フェミニスト〟ソニア・シャンクマンはもう死んでいます。彼女が活躍したのは、一九二〇年代から三〇年代ですから。彼女の名を冠した大学院が今でも残っていることが、その凄さの名残《なごり》です。知能障害児童の研究が彼女の弟子たちの現在の主活動なのでしょう。

アキラ君が、Sonia《ソニア》 Shankman《シャンクマン》 School《スクール》 に目を付けたのは、大変すばらしい。

私の主著である『世界覇権国アメリカを動かす政治家と知識人たち』（講談社＋α文庫）の三七一ページの記述に鋭く着目したのは、さすがです。私の弟子系の、私の本を掛け値なしで本当によく読んでいる有能な男たちでも、この個所にまで鋭く突き進んでくる者は、これまで居ませんでした。いくら有能でも、「副島先生は、やっぱり危険な人だから、自分はこれぐらいまでにしておこう」と自主的に撤退してゆく。それはそれで良いことです。

私は、やっぱりマッド・サイエンティスト（気違い博士）なのかなあ。

世界マッドサイエンティスト協会の日本部会長になれるだろう。十分にその有資格者だ。遺伝子研究や細菌研究（そのまま生物化学兵器開発でもある）で、危ないことを密かに、日本国の国家秘密プロジェクトとしてやっている連中と、いいお仲間かもしれない。

ユージェニックス（Ugenics）、優生学というのが一番凄い学問なのだと、率直に思います。今盛りの分子生物学（モレキュラー・バイオロジー molecular bology）も遺伝子工学（ジーン・サイエンス gene science）も、すべて、この優生学を土台にして出発している。今は諸般の事情でアメリカでも優生学という危険な学問は押さえ込まれている。表面には出ない。しかし、どこの国でも、一番先端の課題を背負った、それぞれの国で一番、頭脳（知能）が高いとされている人間たちは、みんなここにゆきつくし、特に理科系なら既に人材投入されている。そうに決まっている。世界とはそういうものだ。

文科系の馬鹿たちでも、本当に考える力のある者ならば、ここに自然と集まってくる。知脳（インテリジェンス）の研究とはそういうものなのだ。

もうこれ以上は危ないので書かない。ここは一般啓蒙をする場だからだ。人は、それぞれおのれの持って生まれた知能で、生きてゆけばそれでいい。無理をしたら脳が壊れる。

だからもし、アキラ君が本当に、シャンクマンについて調べたり、研究したいなら、シカゴまで行く必要はありません。シカゴ学派の人材の源流は全てコロンビア大学だ。だから、ニューヨークの北の一一〇丁目あたりにあって、すぐとなりが黒人たちのハーレム（今はコミュニティか？）がある、というよりも、拡大するハーレムの中に埋まってしまっているのが名門コロンビア大学だ。あそこに行って訪ねて回れば、かならず、優れた学者がコロンビア大に居る。その人と出会うことだ。

重要なことは、人と出会うことだ。優れたアメリカ人の学者と出会って「世界の秘密を、聞き出すこと」だ。そして、「驚愕《きょうがく》すること」だ。そうやって私もアメリカとイギリスで何人かの人に出会った。私、副島隆彦が日本ではずば抜けて頭が良いように見えるのは、彼らに出会ったからだ。そして根掘り歯掘り、彼らに聞いたからだ。

福澤諭吉もそうやって、咸臨丸《かんりんまる》でサンフランシスコに渡ったときに、「世界の公然たる秘密」を教えてくれる人に出会っている。伊藤博文らも、ロンドンのネイサン・ロスチャイルド伯爵家の邸宅で、家庭教師をつけられて世界の真実を教えられ育てられた。そして日本へ帰されて、指導者にされて日本を動かすように指図されたからだ。小沢一郎が、少年時代からハーバード・グローバリストが派遣したルイーザ・ルービンシュタイン（改名して、ルービンファイン）女史の母親を家庭教師につけられて、世界の真実を教えられつづけたのも同じことだ。ただし、この〝ハムレット小沢王子〟は、王権簒奪者《さんだつしゃ》・竹下登の米びつの奪い方までは、このグローバリスト日本対策班（ジャパン・ハンドラーズ）たちは教えてくれなかった。そういうことだ。私のこの書き方で分かる人だけ分かればいい。分かる知能が無い者は分からなくていい。

ですから、優れた人物にコロンビア大学で出会って下さい。ただしコロンビア大学は、リベラル派が強くて自由な商業、金儲け礼讃の町であるニューヨークでは、反リベラル派学者たちの牙城ということになっていますから注意が必要です。

コロンビア大学は伝統的に単純な頭をしたリベラル人間を採用しません。ピカッと光るずば抜けた学者研究者はどこの国にもそんなにはいませんが、今のアメリカの場合、世界覇権国ですから、わりとゴロゴロいます。「この人よりは、こっちの方が、分かっているなあ」と調べ歩いて下さい。

こういうことをする以外に折角の在外研究の利点はありません。どうせ、日本から来たほとんどの在外研究者は、政治家や大企業経営者の息子・娘たちです。彼らは恵まれた環境の、大量の生来の馬鹿（大酋長《だいしゅうちょう》の息子・娘たち。外務省の奨学金つき）たちですから、何にもしないで、物見遊山《ものみゆさん》で暮らしているだけでしょう。

アキラ君は、何とか英語の壁も越えられるだろうから、あとは、体当たりで日本のひどい「土人のままの学問（知能）状況」を訴えながら、食らいついていって下さい。

コロンビア大学には、東アジア海域の土人（原住民とも言う。当然含む日本人種）の研究の『サモアのあけぼの』のマーガレット・ミードと、『菊と刀』のルース・ベネディクト姉妹がいた。彼女らの先生であったヤキ・インディアンの研究のフランツ・ボアズの学問伝統が残っている。『金枝篇《きんしへん》』のジェームズ・フレーザー、マリノウスキーのポリネシア海洋民族研究や、バリ島研究で『劇場国家論』を作ったクリフォード・ギアツ（その日本の出店だった京大の矢野暢《やのとおる》は、博学だったのに、女子大学院生へのセクハラ事件で消えた。最後まで「自分は、罠《わな》に嵌《は》められたと叫んでいた）、それから、もっと大御所の、『親族の基本構造』『悲しき熱帯』のレヴィ・ストロースもここに亡命してきた。それらの伝統が残っている。

それらの現代ヴァージョンが、「女性研究」Women's studies である。ポリネシア人研究や、インディアン研究や、黒人（アフリカン・アメリカン）研究と、だから同列に女性研究はある。ということは、女性という被差別民を研究する学問だということだ。このことが分かりますか。

女の敵は女である

そう考えて、冷酷に女を見つめる。この女性《ウーマン》という原住民たちが、どのように毎日顔に、入れ墨（うちの奥さんは、前は、雅子妃と同じランコム。今は、君島十和子《とわこ》さんと同じアルコス）を塗りたくっているかを、じっくりと調査観察することだ。日本人の男である自分という東アジア土人（原住民）の被差別民である人種（species《スピーシズ》人種）の生態観察も含めて。

「女の解放」なんてコトバは、そんなに簡単に使いなさんな。出来るわけがないじゃないか。このランコムやら、アルコスや自然化粧品系とかの入れ墨（刺青《しせい》）を一般大衆の女たちから取り上げて、「男たちと闘え」と、いくら金切り声を上げたって簡単にどうにかなるものではない。しかし、それでもなお、黒人や中南米人《ヒスパニック》の解放と同じく、奴隷の政治的解放を求める女たちの先鋭な闘いは続く。

一九世紀に、イギリスの勇敢なサフラジエット suffragette の女たちが、女の選挙権（参政権）を激しく求めて、アスコット競馬場の中に飛び込み、走ってくる競馬ウマたちに蹴り殺されても、それでもなお闘いを止めなかったように。

それの日本版が、平塚雷鳥《ひらつからいてふ》の「青踏《せいとう》（ブルーストッキング）」派や、伊藤野枝《いとうのえ》（大杉栄と二人、甘粕正彦《あまかすまさひこ》に惨殺された）たちの運動だと。フン。

アキラさん。闘え。死ぬまで闘え。血みどろになって、狂い死ぬまで女の解放のために闘え。どうせ女の敵は女（の大衆）だ。

「今の女子大生って、何にも勉強しないのよね。本当に、教え甲斐がなくていやになっちゃうわ」などとほざいているふざけた日本ババア・リベラル・フェミニスト女性学者にだけはなるな。

まだ、遥洋子のように、上方《かみがた》（大阪）漫才界の大ボスだった上岡竜太郎《かみおかりゅうたろう》の隠れ愛人をやりながら、激しく戦う（河内弁《かわちべん》という本物のディープな大阪弁で）ほうが、すばらしい。日本の穏健・お上品・お姫様フェミニスト女（代表、江原由美子《えはらゆみこ》）とは一線を画す過激派「マル・フェミ」（マルクス主義フェミニズム）あるいは「エコ・フェミ」（エコロジスト・フェミニズム）の上野千鶴子派もだんだん元気がなくなっている。最近は高齢独身女たちの死に方の研究をしている。

アキラ君に最後に一番、重要なことを教えておきます。

私の本の中のユージェニックスの記述の理解にまでたどりつき興味を示した貴女は偉い。すでに、副島隆彦学の免許皆伝、学位授与の一歩手前まできています。

学位（ドクトレイト）は本来、学者個人が、一子相伝《いっしそうでん》で伝えてゆくものです。大学や教育相（文部大臣）が出すものではありません。フランツ・フォン・シーボルトは、長崎の鳴滝塾《なるたきじゅく》で、高野長英《ちょうえい》や小関英三《おせきえいさん》らに彼らがオランダ語（どうも本当はドイツ語だった）で書いて報告した日本のあれこれを書いて伝えた論文に対して、「ドクトル」の学位を授けている。

学位とは、周囲から高い評価を得た優れた学者が、個人の名前でその弟子たちに出すものだ。

私は福澤諭吉先生の真似をそのうちするぞ。当時の日本人としては天才的な頭脳であった福澤諭吉は慶応大学を卒業していない。彼は慶応を創ったのだ。日本の土人学者たちや、「日本的エスタブリッシュメント」なんか、原住民相手のまじない師集団だ。欧米水準＝世界基準《ワールド・ヴァリューズ》に達していないから、誰からも相手にされない。私は、こんな国に生まれて呆《あき》れ返っている。

アキラ君は、このあとも静かに日本のアカデミズム（まじない師集団）のなかで生きてゆくだろうから、私の知ったことではない。

文明化外科手術＝ソシアル・エンジニアリング

ユージェニックス（優生学）の学問方法（メソドロジー）は、ソシアル・エンジニアリング social engineering なのである。このソシアル・エンジニアリング（直訳すれば「社会工学」で意味不明）なるものの怖さを知らないで、「自分は日本の社会科学者だ」などと信じている土人たち全員を、私は、激しく、蔑《さげす》んできた。

このソシアル・エンジニアリングという言葉の本当の意味も重要性も知らずに生きてき

た馬鹿たちの群れだ。
自分たち日本人（日本部族、ジャパン・トライブ Japan tribe）自身が、ルース・ベネディクト著の『菊と刀《クリサンセマム・アンド・ソード》』"*Chrysanthemum and Aword*" で真っ裸にされたのち、ロボトミーに等しい「文明化外科手術」すなわち、ソシアル・エンジニアリングを敗戦後に受けたのだ、と自覚すべきなのである。この事実を受け入れない者は、副島隆彦の学問道場には入門させない。私は弟子たちを甘やかさない。

自分の知人の五人の欧米白人でよい。そういうアメリカ人たちに聞いてからでよい。「ソシアル・エンジニアリングとは何ですか？」と彼らに聞きさえすればいいのだ。彼らはすぐに教えてくれる。その結果と共に、ここに入門しに来なさい。私の本を五冊以上読んでいることも条件に入門を許そう。

ソシアル・エンジニアリングは、未開の現住民たちに施してはならない手術のことである。それをやられたら、原住民たちの頭はおかしくなるのだ。だから、日本の若者が金髪茶髪にして成人式で暴れるのだ、とみんな分かればいいのに。どうしても、敗戦後のアメリカ軍（占領軍、元祖グローバリストであるニューディーラー）による、日本国民洗脳がその原因だと、認めるわけにはいかないのか。どうしてもいやか。ソシアル・エンジニアリングとは国民洗脳のことなのである。

私の先生の小室直樹だけが、これが、日本人が敗戦期に「人間天皇宣言」で受けた「急性アノミー」の症状だと、はっきりと解明した。私ほどはあからさまには書かないが。

ソシアル・エンジニアリングというものは、そのように怖いものなのだ。それは、ソシオ・バイオロジー（社会生物学）という別の名前も持つ。

だからシカゴ学派《スクール》で過激派フェミニストの元祖のひとりのソニア・シャンクマンが、ウルトラ・リベラルのまま、そのままユージェニックスをやり、ソシアル・エンジニアリングを治療・方法・政策学として実践したという事実を重視すべきだ。

グローバリスト保守派へ鉄槌を

リベラル派も保守派も、突き詰めると変わりはない。政治的な表面課題で、右（保守）だ、左（リベラル）だと言っていがみ合っていれば済むのは、知能の表面でだけ生きていられる馬鹿たちだけでよい。自分は日本的保守だから、だから正しい、という証明などありはしない。それよりは、「自分は、アメリカ・グローバリストによる敗戦後の洗脳（ブレイン・ウォッシュ）をかろうじて撃退できてきた人間だ。だから優秀なのだ」という証明にすべきだ。

日本の保守派言論人・学者たちのアメリカ・グローバリスト（globalist 地球支配主義者）の手先ぶりを、見てみるがよい。哀れを通り越す。

中川八洋《なかがわやつひろ》のような、ＣＩＡのインフォーマント（情報提供者）をやり、かつ国際勝共連合（ムーニズム、統一原理教会）の賛同者が、この現象を表面的にとらえて、右も左も「甲殻類《こうかくるい》」などというのを私が黙って見逃すはずがない。中川の近衛文麿研究や、ルーズベルト理解にもそのうち鉄槌《てっつい》を下す。

自分が「共産主義という病気」に罹《かか》らなくて、ああ、よかった、という時代的な特権を唯一の自己正当化の根拠にして、しがみついて、それを自己の政治正統性《レジティマシー》にしようという程度の頭では、この先の嵐はどうせ乗り越えられない。現に今、自分が、何かの病気（洗脳）に罹っていないと自信をもって言えるか。そこが大事なのだ。

ただし、中川八洋は、文藝春秋のような裏のあるおかしな日本保守からは、直情型の要注意人物とみなされている。私、副島隆彦もおそらく、この奇妙なアメリカの手先メディアからは同類にみなされているだろう。

知恵遅れや障害児、精神障害者、あるいは犯罪性向者《せいこうしゃ》の問題を扱うときに、突き詰めれば、保守もリベラルもない。環境問題にしてもそうだ。理科系の学者たちが、政治イデオロギーで、サイエンスの実験をしないのと同じことだ。あらかじめこの立場が正しくて、などというものは、サイエンスには無い。

だから、ソシアル・エンジニアリングも、もともと保守派の道具なのか、リベラル派の十八番《おはこ》なのか分からない。動物実験と同じことを、人間集団にもやってみたくてみたくて仕方が無いから、やった、ということだ。それも、ある人間の個体にやるのでなく、その国民（部族）全部に、その実験を施すのだ。

だから、ソシアル・エンジニアリング（文明化外科手術）は怖いのだ。思想洗脳《マインド・コントロール》は、病原菌と同じぐらい怖いものなのだ。

自分自身が、感染していることが前提だ。

アキラ君の切迫感と焦燥感が私には分かる

今の女性学や知恵遅れ児童対策学は、いくらシカゴ学派でも、ケース・スタディ（個別事例研究）だろう。他にはやることが無い。あとは、コミュニティ・スタディだ。「地域社会研究」とか訳せば済むが、これも、際限なく自分みずから原住民の共同生活の中に入り込んでいって、「癒《いや》し系」の集団運動でもやるしか他にやることがないだろう。

女性学（ウィメンズ・スタディーズ）というのは、現状として、ものすごく停滞している。低迷している。アメリカでも同じだろう。出口が見つからない、と言い換えてみてもよい。だから、アキラ君の短い文面にも、その重苦しさがにじみ出ている。「金がかかりすぎますからね、女全般の解放には。また解放されてもやることがない女性が多いでしょうし。まだ今のままの抑圧された形態の方が大半の女の暇がつぶれていいでしょう」と書いている。アキラ君は、何かで暇がつぶれるほどの暇人ではなさそうだ。あなたの切実さは、私に伝わる。「何か重要な、自分が将来、評価される学問のネタを、ここに居る間に見つけなくては」という焦燥感でもあろう。

ところが、なんとこの折角のニューヨークで、切実に出会ったのが、ロックフェラー・センターのわきの紀伊國屋書店で、副島隆彦という変な思想人間の本だった。それにのめり込んでしまって、「熟読」している自分を何とも哀れだと、思ったかも知れない。

こういう日本人が案外、たくさん居る。本場アメリカでこそ副島隆彦の本は、現地のジャパン・ブック・ショップで売れている。

私の本を読んで初めて、「アメリカが分かった」というビジネスマンたちと、「近代政治思想というのが分かった」というインテリたちがいる。これからももっと増えるだろう。ほうっておいても、その数は増える段階に達した。ところが、このひとりひとりは、恥ずかしくて、自分の友人にこのことをしゃべれない。

私は、自分の業績のブランド力を、自分で独力で守らなければならない。「私の名前も出さずに、盗文・剽窃する者は断じて許さない」と、わめき続けなければならない。

そうしないと、私が苦労して到達した地点と業績が否定される。「え、そんなこと、当たり前でしょ。どうしてそういうことを今頃言うわけ」という物凄く質《たち》の悪い人間たちが出現していて、私、副島隆彦の業績を、絞め殺して圧殺して、「はじめから無かったこと」にする気だからだ。

私は、そういう人間たちの悪意が嫌になるほど分かる。だから私が、リチャード・クー氏の思想背景とかを、金融経済ものの本（ビジネス書）で名指しで解説したように、私の勲章は、たとえ誰も公然と誉めてくれなくても、私自身が分かっている。

私は、返り血を浴びる覚悟もできている。だから強いのだ。私が日本最強だ。今のところは。先々どうなるか、は分からない。

私が、番《ばん》（長）を張っている限りは、何者にも勝手なことはさせない。ただし、こそこそと、陰のほうで悪口を言っている程度の者たちはその者たちの勝手だ。

アキラ君も、「いやね、この人。ものすごく威張るの」と私の本を指差しながら、友人と談笑すればいい。私は、皆さんの先達《せんだつ》であり、先に「大きな真実」という山に登りついた者であるに過ぎない。

アキラ君のような優秀な女学者（おそらく三〇代）が出て来て、私の本を読む時代になってきた。この事実を私は喜ぶ。別に私の同調者であってもらわなくても構わない。

しかし、私の前に出て来て、教えを請うた以上は、私の弟子筋になる。

アキラ君に、とりたててリバータリアン系の保守派のフェミニストも沢山いますよ、などという助言はしない。「女性学は本当はユージェニックスなのだ」まで出てきたら、これは最高理解の水準だ。私は下界の右、左のような些末なことは言わない。

女性学は前述した通り、もうケース・スタディか、あるいは、コミュニティ・スタディ（もっと本当は、ゲトウ・スタディ ghetto study と言う）しかやっていない。

その代わりに、アキラ君がアメリカの著名な女性言論人や政治家たちや、主要な芸能人についてもその軌跡や発言を追いかけて、日本に報告するというスタイルの研究業績方法をとったら、やがてその分野の第一人者になって、日本のメディアからも注目されて、一《いっ》家言《かげん》を持った女性学者になれるだろう。

我ながら、長々と書いた。

［二〇〇一年一月一七日記］

スターウォーズと正義の話

映画『スター・ウォーズ　エピソード3』を私はインターネットで観た。これが今の世界を動かしている政治の話とどういうふうに繋がるのか、を今日は話す。

今、この映画は世界中でダウンロードできる。ネットで入手できる「泥棒ソフト」で、私の弟子たちがダウンロードしていた。日本ではまだ公開前であるこの映画を誰かがインターネット上に流布《るふ》させている。だから受け取る側は、泥棒ソフトを設定するだけで、どんどんダウンロードできるらしい。

『スター・ウォーズ　エピソード3』は、日本では二〇〇六年七月九日に公開だけれども、中国では六月公開だった。日本は、中国よりも重視されていない。「まあ日本は七月でいいや」という感じだ。

六月には『宇宙戦争』(監督：スティーブン・スピルバーグ、主演：トム・クルーズ)という映画も来た。H・G・ウェルズの『火星人襲来』が原作で、タコみたいな火星人が出てくるのだそうだ。あれにも何か裏の意味があるだろう。観てないから分からない。

裏側の秘密

こうやって『エピソード3』を私も観たから、これがどういう話か、ということを皆さんに教えよう。いっそのこと、裏側の秘密まで全部教えます。

この映画は How did the Galactic War begin?《ハウ・ディッド・ザ・ギャラクティック・ウォー・ビギン》「どのようにして銀河戦争が始まったのか？」ということを説明した映画だ。

まず、Galactic war began.（ギャラクテッィク・ウォー・ビギャン）または Galactic war started.（ギャラクティック・ウォー・スターティッド）でもいいのだが、「銀河系宇宙戦争が勃発《ぼっぱつ》しました」という始まり方だ。

最初のほうで銀河共和国（ギャラクティック・リパブリック Galactic Republic）というのが出てくる。これが今の世界のザ・ユナイテッド・ネイションズ（the United Nations）という組織である。日本ではこれを「国際連合」と訳しているが、一体どこに、国際（インターナショナル）と書いてあるのか。本当はこれは正しくは「連合諸国」という意味だ。

一九四五年八月に終結した第二次世界大戦において、日独伊三国軍事同盟という、枢軸《すうじく》国《こく》側（ジ・アクシス The Axis）を叩きつぶした。日本の場合は原爆を二発落とされて、「はい、ごめんなさい。もう二度とあなたたちには反抗しません」と謝って、のちに日本もこれに入れてもらっている組織だ。中国語ではちゃんと「聯（連）合諸国」と書く。
この「国連」の中に、安全保障理事会（the UN Security Council《ジ・ユーエヌ・セキュリティ・カウンシル》）があるのは知っていますね。ここに世界の親玉たちが集まって、安保理常任理事国（the Five Permanent Members《ザ・ファイヴ・パーマネント・メンバーズ》）と言っている。五大常任理事国である。このセキュリティ（Security）、「安全保障」という言葉は、簡単に言うと「軍事」ということだ。

「安全保障問題」とは、簡単に言えば国家どうしの戦争の処理のことだ。軍事力、強制力、世界の秩序を維持するための、国連軍（the UN Forces《ジ・ユーエヌ・フォーシズ》）の派遣問題である。しかし国連憲章四九条、五〇条に定める国連軍の派遣というのは、全会一致で正式に行われたことはない。いつも反対する国があったからだ。国連軍という独自の軍隊は存在しない。各国からの派遣軍の寄せ集めに過ぎない。

この五大常任理事国《パーマネント・メンバーズ》というのは、核兵器を持ってもよい国、という意味である。これは「核クラブ」（Nuclear Club《ニュークレア・クラブ》）とも呼ばれている。アメリカ、ロシア、中国、フランス、イギリスの五カ国である。

これを一〇カ国に増やしたい、という改革案がコフィ・アナン（Kofi Atta Annan）事務総長のもとで議論の俎上《そじょう》にあがっている。そこに日本が入るか入らないか、という問題もやっている。日本とドイツ、インド、ブラジルなどの有力四カ国（G４）が入りたくて、候補に挙がっている。ところがアフリカからも一国入れろとかでもめている。

日本は、常任理事国入りを中国や韓国に反対されている。イタリアは、ドイツの常任理事国入りに対して、自分が入れないものだから、ねたみ、嫉妬で足を引っ張って反対している。

国家は核兵器を持っていないと発言権が弱い。常任理事国は〝世界の五大お役人〟みたいなものだ。役人というのは刀《かたな》を持っているものなのだ。刀を持ってない役人なんかいない。日本でも警察官がピストルを持ってるでしょう。

この刀に相当するものに、ヴィート（Veto）というものがある。拒否権《きょひけん》である。常任理事会は全会一致で決めなければいけないという慣《なら》わしだから、一カ国でも反対があると、決議が流れてしまう。これは歴史上は「王の拒否権」といって、元々の由来は、フランス革命とか、イギリスの名誉革命が起きる前は、王様が国民議会（三部会《さんぶかい》）の決議に反対して、これを否定する権利があったことから来ている。これがヴィート（Veto）だ。このヴィートを、与えるか、あるいは「ヴィート無しの常任理事国」として認めるか、などという話をしている。

善と悪との見分け方

それで『エピソード3』の話《ストーリィ》をじーっと観ていると、この中に「共和国軍」というのが出てくる。リパブリック・アーミーまたはリパブリック・フォーシズと言う。

共和国や共和制という言葉は、日本人にはよく分からない。リパブリック（republic）というのは、「王様がいない政治体制」という意味だ。デモクラシー（民主政治、より正しくは代議制民主政体《だいぎせいみんしゅせいたい》）ともちょっとちがう。共和国（共和制）には「元老院《げんろういん》」という機関があって、これをアメリカではセネト（the Senate 上院）という。これがローマ帝国が帝国《エンパイア》になるずっと前から存在している。

アメリカの場合は連邦議会は、上院（元々は、イギリス型のThe House of Lords《ザ・ハウス・オブ・ローズ》 貴族院。今は遠慮して上院）の上院議員（セネター Senators 元老院議員の意でもある）と、あとは下院はザ・ハウス（the House）で、下院議員（コングレスマン Congressmen）がいる。彼らが治めている国家体制が、共和政《せい》国家なのである。

映画スター・ウォーズ・シリーズに最初から出てくるジェダイという特殊な部族の統治の仕方もそうでしょう。長老《エルダーメン》たちが長老会議で決める。ジェダイの騎士たちは、「リパブリックを守る」と言って、彼らジェダイはマーシナリー（mercenary 傭兵《ようへい》）になる部族であるらしい。かつてのスイス人みたいだ。彼らは「フォース」という、巨大な破壊力を操《あやつ》る特殊な能力を持っている。「フォース」はこの映画では「宇宙を支配する力」ということになっている。フォース（force）というのは、アイザック・ニュートンが著作『プリンケピア』で作り出した、重力（万有引力《ばんゆういんりょく》）とかの、近代物理学上の〝力〟のことで、これも実は創作だ。このフォースという〝力〟だって実在するかどうか、本当はそれすら分からないのだ。私たちが高校の物理で習った、たとえば「斜面にかかる力」で、$f_1 + f_2 = f_3$とかのあのフォースだ。私が信じるのは、ガリレオ・ガリレイの素朴な「落体《らくたい》の法則」や「質点系《しつてんけい》の力学《りきがく》」までである。

「ジェダイ」というのは日本の「時代劇」の「時代」という言葉から来ている。

ダース・ベイダー卿（Lord Darth Vader）というのが出てくるだろう。戦国武将みたいな黒い鉄兜《てつかぶと》をかぶった大男の悪役で、シュコー、シュコーって呼吸している奴だ。ダースというのは、ダークネス（darkness）とデス（death）を掛け合わせて作った言葉であろう。ベイダーは、インベイダー（invader　侵略者）のベイダーなんだろう。

この大悪人のベイダー卿になった奴がアナキン・スカイウォーカーで、ヘイデン・クリステンセンが演じている。彼が今回の映画の主人公である。こいつの息子が、昔の三部作の主人公のルーク・スカイウォーカーだ。

シリーズ二作目の『帝国の逆襲（エピソード5）』で、ダース・ベイダー（＝アナキン）がルークの実の父親だということが分かって、みんなゾッとした。

ジェダイだったアナキン・スカイウォーカーがなぜダース・ベイダーになっていったか、がこの映画のスゴいところだ。銀河系の全ての星系の代表者が集まっている国連総会のような、銀河連邦共和国の総会が開かれる。それの役員会（元老院）の中に悪い奴がいて、最高権力を握っている。この最高議長であるパルパティーン卿の罠《わな》に嵌《は》められて、悪の道に引きずり込まれた、ということが分かった。

ダークサイド（暗黒面）と名乗っていた。この勢力が銀河連邦を乗っ取ったのだ。「クローン戦争」と映画では言っている。虫みたいな変な型のアンドロイドたちと、味方のクローン人間軍団とで戦争をやるわけだけれども、どうもこの（アン）ドロイドもクローン軍団も両方ともダークサイドが創ったのだそうな。わけが分からん。

そうした陰謀が三作目の『エピソード3』でようやく分かって、ジェダイたちが悪の議長を逮捕しに行く。「これはクーデターだ。共和国体制全てに対する共同謀議《コンスピラシー》である」と言って。ところがパルパティーン議長が反対にジェダイたちを次々に殺してしまった。そしてアナキンは議長に傾いて、悪の帝王の子分になっていくわけです。

アナキンと仲よくしていたのが、一作目からナタリー・ポートマンが演じていたクィーン・アミダラだ。アミダラ、というのは「阿弥陀如来《あみだにょらい》」から来ている名前だろう。このアミダラ女王とアナキンが愛し合っちゃったものだから、彼らは結婚したい。男と女だからしょうがない。君たち若い人たちと一緒だ。しかし、ジェダイのルールがあって結婚できない。

それで前作の『クローンの攻撃（エピソード2）』で、アナキンとアミダラ女王は結ばれて秘密裏に結婚した。けれども、それに対して悪の親玉の方が「お前たちは結婚していい。私が認めてやろう」「だから俺の方に来ないか。そのほうが力《パウア》を持てるぞ」と言われて、アナキンは騙されてしまった。若者が不良の世界に入っていくのと同じだ。そう言えば分かるだろ。

　またもう一人のキャラクターで、オビ＝ワン・ケノービ（ユアン・マクレガー）という人物がいる。これがアナキンの先生《メンター》なのだが、昔のシリーズのルークの先生でもある。それからヨーダが、ジェダイ部族の中でも最高の力を持っている、長老中の長老だ。

　ヨーダもオビ＝ワンも含めて、ジェダイの騎士たちは次々と背後から襲われる。ほとんど全員が殺されていくわけだ。ヨーダが一生懸命に育てていたジェダイの生徒の子どもたちも、皆殺しにされる。ヨーダとオビ＝ワンだけは強いから、襲撃に気づいて逃げ延びる。

　オビ＝ワンはアミダラ女王に言う。「お前の付き合っている男は、悪の側に身を売ったんだ」と。アミダラの方は、まさかそんなことは信じられない、とか何とか言うけれど、不安になって、それで事実を確かめに行く。それでアナキンと話して、「信じられない。もうあなたとは付き合えない」とか言って泣きじゃくってワーワー言う場面になる。このとき、アミダラと一緒に師匠のオビ＝ワンが隠れて飛行艇に乗ってきていたものだから、その姿を見てアナキンが逆上した。「僕を裏切ったのか」とか疑って、アミダラは首を絞められて半殺しにされる。

　どうせなら直接、女の首を自分の手で絞めて殺せばいいのに。フォースで遠くからやるんだよ。あれが良くなかった。それでアミダラはバタッと倒れて、そのときはまだ死んではいないけど、死にかかっている。

アナキンと、今度はオビ＝ワンが、溶岩が滝のように流れている惑星上で延々とチャンバラの決闘をするシーンになる。この光るライトセーバーの真似をしようとして、蛍光灯にガソリンか何かを入れて振り回していたら、この蛍光灯が爆発して重傷を負った高校生がイギリスに本当にいたそうだ。

この勝負でアナキンは、オビ＝ワンに両足をぶった切られて、マグマに焼かれて全身火傷《やけど》の化け物のような、瀕死の姿になった。ここで駆けつけた悪のパルパティーン卿に救《たす》けられた。そして手術を施されて、あの有名な黒鉄兜《くろてつかぶと》を上からドッカーンと被《かぶ》せられて、半分は人間だけれど半分はロボットとして生き延びる。ダース・ベイダー卿が完成する。

決闘に勝ったオビ＝ワンは瀕死《ひんし》のアミダラを連れて基地に戻って、アミダラは死ぬんだけど、このときお腹《なか》から生まれた赤ちゃんがツイン・ベイビー（双子）で、一方がのちのルークで、もう一方の赤ちゃんがプリンセス・レイア（レイア姫）だ。そういう話なのだ。『スター・ウォーズ』というのは、こういう恐ろしい、ゾッとするような話だった。これで一九七〇年代に公開された最初のスターウォーズの話に戻っていく。生まれたばかりの赤ちゃんのルークを、砂だらけの開拓農民が住む惑星の叔父《おじ》さん叔母《おば》さんのところに預ける。ルークを育てている、実の母ではない叔母さんが旧作一作目にいたでしょう。このあと帝国軍に焼き殺された。そしてプリンセス・レイアの方は、前の作品では、自分の育った星を守るために女王《クイーン》となって自ら武器を取って闘う、という話だった。

監督ルーカスが伝えたかった真実

さて、この映画で最も大事なことは、悪の暗黒面（ダークサイド）に銀河共和国連邦全体が乗っ取られて、セネター（元老院議員）であり議長であったパルパティーン卿が悪の帝国の初代の皇帝になったということだ。パルパティーンが総会で自ら宣言する。「我らの銀河連邦は今から共和国ではなくて、銀河帝国となって生まれ変わる」と宣言した。それに対して、銀河共和国連邦の総会に集った全ての星の代表たちが、騙されて、歓呼と拍手で応えるというシーンである。

銀河系全体が以後は帝国（the Empire）になる、と宣言したのだ。共和国が、イーブル・エンパイア（the Evil Empire）、悪の帝国になってしまったわけだ。ここでのパルパティーン卿（Lord Parpateen）というのが、現在の〝実質の世界皇帝〟のディヴィッド・ロックフェラー（九三歳）である。この大きな真実をこの映画は私たちに伝えてくれている。だから凄いのだ。そして、今のアメリカ合衆国は、共和政（共和国）ではなくて、ロックフェラー帝国にされてしまっているのだ、とジョージ・ルーカス監督は世界中の人間たちに教えてくれているのだ。このことを私たちが分かることが何よりも大切なのだ。

だから、今回の『エピソード3』はただの宇宙大戦争のチャンバラ映画では済まない。

何が正義で、何が悪かは、本当は分からない、ということでもある。

幼稚園から小学校からずっと私たちが思っている、自分たちは正義で、仮面ライダーやウルトラマンみたいな正義の味方の味方である、などと一体誰が決めたのか。「ショッカーが悪い。正義は僕」なんて、「何でお前が正義なんだ。馬鹿野郎」ということになる。ショッカーが悪人だとか、何でそうなっているのかを考えろ。自分がショッカー役をやれ！　二十歳《はたち》以上になったなら。

善とか悪とかは、あらかじめ「私たちが善で、あなたが悪」のような、そんな風に始めから決まっているものではないんだ。

一枚めくったら、正義の味方とか、正しい人、という振りをしている人間ほど怖いんだぞ。パカッとその人物の顔が割れて、その下から恐ろしい悪魔の顔がヌーッと出てきたらどうするんだ。今回の『エピソード3』はそういう話なのだ。

共和国が倒されて帝国に生まれ変わるというストーリーの原型は、ジュリアス・シーザーが事実上の初代皇帝となった、古代ローマ帝国（the Roman Empire《ザ・ローマン・エンパイア》）の誕生の物語に類推したのだろう。

こういう史実は、山川出版社の高校世界史教科書とかを読み直して、社会人として知っておかなければいけないことなのだが、ローマ帝国は、紀元前七〇〇年からずっと共和政（republic）だった。

元老院《セネト》があって、大土地貴族の出身者たちが構成する元老院によって治められていた。そのうちガリアとか、ダキアとかトラキアとかといった国々や、地中海を渡ったフェニキア、カルタゴとの戦いをやって、周辺の国を併合したり、攻め滅ぼしたりしていった。あのころの戦争は負けた方は男は皆殺しで、国が全滅ということもあった。女はみな愛人か奴隷。

それが古代の戦争というものだ。だから勝つためには何でもやる、どんな酷《ひど》いことでもやる、それが人類の歴史だ。日本の歴史も本当はそうなのだ。

もともとはローマというのは共和国であって、帝国ではなかった。ところが、ジュリアス・シーザー（カエサル）らの軍人階級（貧乏貴族）が台頭してきたことでローマを帝政に生まれ変わらせた。このときにローマは外敵に攻められて危ない（テロリストの攻撃がいつあるか分からない）と、ローマ市民たちを恐怖に陥れて、それでは「自分たち軍人が守ってあげましょう」となって、まんまと帝政（帝国）になっていった。

シーザーのような下級貴族は配下の軍隊を何万人も抱えていて、ゴロツキ、暴力団の大親分のような人物だった。日本の戦国武将も本当の姿は、今の暴力団の大親分のような奴らだったのだ。強い軍隊を持っていないと戦争には勝てない。だから、やがてこれらの軍人貴族の中で抜きん出た人物が、家来から「インペラトーレ」の称号で呼ばれるようになった。

このインペラトーレ（imperatole）というのは、もともとは「階段の下」という意味である。王様に対して、家来の私たちが、「この陛《きざはし》の下の方にいる私たちから、上にいるあなた様に呼びかけます」という意味が「陛下」である。そして以後は、「陛下」とあなたを呼ぶように致しますという、家来の側から差し出された尊称のことである。これが語源で皇帝はエンペラー、エンパイアと呼ばれるようになっていく。

そのようにして、シーザーの次に権力を握った、シーザーの養子であったオクタヴィアヌスが、紀元前二七年に共和政を帝政にした。貧乏な軍人貴族が、昔からの立派な家柄の、大金持ちの領地持ち大貴族たちが元老《セネター》である元老院を残したままで権力を握ったというのがローマの姿だった。

皇帝カリギュラは、自分の代理として白い馬を元老院の議場に置いていた。それくらい皇帝からバカにされたこともあるが、それでも元老院そのものが壊れたことは一度もない。ずっと続いていく。

共和政には、王様（国王、独裁者）はいてはならないから、執政官（コンスル）として大統領（president）がいる。大統領職は、行政権（執行権）を握っている。この行政権を監督しながら、立法権を握っている議会、それから司法権を司る裁判所があって、これが三権分立の「抑制と均衡」（チェック・アンド・バランス）を形作りながら、国家体制を形成するというのが一八世紀のヨーロッパでようやく完成された近代国家モデルだ。

日本の場合は、東アジアの未開の国だから、もともとそんな制度はどこにもなかった。それを明治時代になって無理やりドイツから直輸入してきた。それが大日本帝国憲法である。その後、戦後アメリカに負けた後、がばっと押さえつけられるように与えてもらったのが今の日本国憲法だ。日本はもともと天皇（みかど、すめらぎ）という王様が治めてきた伝統がある。天皇は国王である。それを大日本帝国憲法で、立派な形を取《と》り繕《つくろ》うために、天皇をエンペラーであると名乗らせた。

日本の天皇はエンペラーと今も英語でも訳されているが、実際はキング（king）、モナーク（mnarch）即ち王様（君主）とするのが正しい。どこの国にも王様というのがいるが、王たちの王が皇帝だ。皇帝というのは覇権国・帝国にしか存在しないのだ。

今は、「君臨すれども統治せず」という、イギリスのウィンザー王朝型の、政治的な権力は持っていないが国王を名乗る形になっている。この国王がいる国は王政であるとされる。だから、日本は今もデモクラシーと王政の混合政体（立憲君主制国家《コンスティチューヨナル・モナーキー》）である。ということにならざるを得ない。外枠が君主政（王政）であっても、内側が民主的（デモクラシー）である、という政治体制はあり得る。ただし王政と共和政は水と油だから併存できない。

こういう話はともかくとして、スターウォーズの話に戻る。だからこの映画の一番大きな主題は、共和国が悪の力に乗っ取られて、巨大な悪の帝国となっていったのだ、という部分である。外見は正義の大国のように見えるが本当はそうではない。これが見事なくらいに、アメリカの現在の政権である、ブッシュ政権の姿と重なっている。

頭の中のダース・ベイダー

しつこく書きますが、ジョージ・ルーカスという映画監督がこの映画で言っているのは、今や、アメリカは〝悪の帝国〟になっているということだ。アメリカの共和政体が崩壊しつつあり、アメリカは9・11の事件をきっかけに、ローマのように共和国から帝国に変貌《へんぼう》を遂げていったのだ。みんな気をつけろということを描いたのだ。

アメリカ人の中で、まだデモクラシーの基本原理を信じたい正義の人々は、皆、分かっている。でも口には出さない。

「今アメリカは間違った方向に向かいつつある」ということを人前で言ったら、高校を退学とか、会社を追い出されるとか、そういう状況になっている。非国民扱いされる。

アメリカは正しいリパブリック、共和制国家であり、この正義を世界中に広めるためにテロリストたちをやっつけているのだとか、世界に平和をもたらすために中東に米軍を派遣するのだと、頭脳だけが偏《かたよ》って肥大化した知識人集団であるネオコン派が唱えている。

それらは全て虚偽《ウソ》であった。

私たちは外側の大きな力で自分の脳をおかしくされているのではないか。まず、そのように疑うことだ。自分は正義だと、自分は正しい、などと思うな。自分はもしかしたら悪の側にいると思ってみることも大切だ。この映画を観ながら、薄ら笑いをしているだけならその顔を鏡に映してみるとよい。その自分の顔の中にダース・ベイダーが居る。

人生を生きていく上で、自分はいつも正義の側だ、という振りをするな。「私は正しくて立派で頭が良いのに、周りからは優秀だとは評価されていない人間だ」とかで悩んでいる。君たちの脳なんか、上から操るのは簡単だ。同じくらいの幼稚さで、「私は正しいです」と言って思い込んだら、現実もそうなるんだろう。だから、怖い話なのだ。

アメリカは、実際はアラブの学生を巧妙に動かして、真の目的はアメリカと世界全体を戦時体制に持っていくことで、無理やりに景気を回復させようとした。自ら仕組んで9・11テロを起こし、返す刀でアフガニスタンやイラクに攻め込んでいった。

そのような現在のアメリカ政治が抱える問題を、この『スター・ウォーズ　エピソード3』は描いているのだという知識を頭に入れた上で、この映画を観てきなさい、彼女と。

［二〇〇五年六月二二日、大学の講義にて］

自分との闘いに勝利する方法、を探して

私はこの一週間、あちこちに付き合いで引き回された。そのあとで、連日、お仕舞いはお酒の席になって、それで胃腸をやられて不調です。私は本来、お酒が体に合わない。酒を飲むとすぐに顔が真っ赤になる。だから、いわゆるアルコールを分解する、何とかという消化酵素を元々、わずかしか持っていない体質だ。これは東アジア人（人類学で言うモンゴロイード）に多い体質だ、とされる。

それなのに、私は、付き合い酒を一七歳ぐらいからずっと飲み続けた。だから飲めるようになった。大酒飲みたちに比べればたいした量ではない。家にいるときは一人ではほとんど飲まない。酒が体に合わないのに、それでも飲み続けると、そのうち、すこしなら飲めるようになる。やがて調子に乗って羽目をはずすと、がぶ飲みして、そして、その翌日から二日間、体の具合が悪い、ということを性懲《しょうこ》りもなくやる。私のこの二〇年間は、この繰り返しだ。みんなも同じかも知れません。

酒が体に合わなければ、飲まなければいい。それなのに、付き合いで飲んでしまうのには、理由が二つある。ひとつは、「酒は体には悪いが、頭（脳）には良い」ということがある。このことは、タバコにも言えることで、どうしてもタバコをやめられない人たちというのは、タバコは体には悪い、ということを本人もまわりも重々知っている。だが、自分の頭（脳）には良い、ということがあるからだ。だから、生来頑丈で体力のある人ほど、タバコをやめられない。ゴリラのような体力があるものだから、筋力をほとんど使わない日常生活ではそれを減殺《げんさい》して低下させて、頭の方とバランスをとり合っているのだろう。善意で解釈すればそういうことになる。

私は、付き合いで呼び出されて、それは自分の仕事関係である出版社の場合が多いのだが、そのあと「一杯やりましょう」で酒の席になる。それでも最近は、政治家や経営者たちとの付き合いも増えた。そういう人たちと飲みながら、話していると、つい調子に乗って飲んでしまう。

だから、私にとっての酒の効用と言うか、その反対の害悪の、理由の二つ目は、私は、目の前の相手を説得しようとして、過剰に話す人間であるようだ。生来のおしゃべり人間である。これは、私の先生の小室直樹もそうだった。先生は床屋の夫婦にも一生懸命、髪を刈ってもらいながら「経済学の講義」をした。酔っ払ったら、道端《みちばた》の犬にも講義をした。そういう場面に付き合わされたことがある。

善人馬鹿と過剰サービス

自分の目の前にいる人たちを喜ばせようとして、私は沢山しゃべってしまう。この過剰な、接待サービス精神は一体、どこからやってくるのか。このことを私は、ずっと不機嫌に考えている。

周りの人間たちへの過剰な接待精神を持ち合わせている人間というのが、国民、というよりも人類全体の二割ぐらいいるかも知れない。もしかしたら、犬猫の中にも、そういうのがいるかも知れない。

自分の目の前の人たちを喜ばせようと人は努力する。その方が自分も大事にしてもらえるから、それは生活ゲーム上の無意識の戦略対応なのかも知れない。それにしても、そういう過剰なおしゃべり(自分としては、自説の説得のための、まじめな説明)は、聞かされる方にとって効果的かどうか分からない。もしかしたら、過剰な一方的なおしゃべりは、相手にとって迷惑だ。そういう場合が多々ある。それで、付き合い酒のがぶ飲みになって、そのあと、体の具合が悪い、ということになる。これは全く賢い生き方ではない。自分の半生を振り返ってみて、このことは、本当に反省するに値する。

人によっては、生来、悪い奴、というか、自分の本心を絶対明かさないで、いつも慎重に構えていて、たとえ長年の親友の前でも言葉を選んでしゃべる、という人たちがいる。

組織、団体、企業の中で出世するタイプというのは、決まってこのタイプの人間たちだ。この手の人たちが、現実社会の秩序（オーダー）なるものを作っている。私はこの手の人間が嫌いだ。彼らも私のような、本心剥《む》き出《だ》しの人間が嫌いだろう。それでもどんな時代も、どんな国でも、かならず彼ら慎重派のタイプの人たちがいて、その国のいろいろな組織の主要な秩序を作っている。本当は彼らは何の生産的な働きもしない人で、組織にしがみついて生きているだけの「体制エリート」たちだ。だが、この冷たい秩序を壊すことはなかなかできない。壊したら無秩序になって、大変なことになる。

この何ごとも気配り優先の冷たい人間たちを、私は、どうせ好きになれない。向こうもそう思う。このことは元々、互いにそのように生まれついている、ということであるから、今後もどうにかなるものではないのだと、私は諦《あきら》めている。どうにもならないことは、どうにもならないと思って諦める、ということを私は実はよく知っている。

自分の顔つきも、体つきも、生まれた家も、両親も、経済状態も、自分の名前も、すべて、生まれついた時から、決められている。それを自分の後の努力で変更してゆく、ということは大変なことだ。実際上不可能に近い。だから、私は、人間平等主義も、社会的政治的な次元だけに留《とど》めるべきであって、それ以外のほとんどの生活場面で、人間はそれぞれの個体として、そもそも、ひどく不平等なものなのだ、と思っている。

私は、リバータリアンという、アメリカで一九五〇年代に誕生した思想を大事にしている。それを日本に導入、輸入する仕事を今もやっている。各種の人権（ヒューマン・ライツ）の原型（アーキタイプ）になったものを自然権（ナチュラル・ライツ natural rights）と言う。それを完成させた思想家がジョン・ロック John Locke である。名前ぐらいは習って知っているだろう。

この自然権＝やがて人権を主張するロッキアン（Lockian ジョン・ロック主義）と大きく対立する思想として、リバータリアニズム Libertarianism という「アメリカ発祥の民衆の保守思想」がある。リバータリアニズムは、あんまりキレイ事は言わない実直な生活重視思想である。

ジョン・ロックの自然権（ナチュラル・ライツ）思想から派生して生まれたのが人権（ヒューマン・ライツ）思想であり、より大きくは自然法（ナチュラル・ラー natural law）に含まれる。自然法の思想（神の秩序や大きな自然界の法則を何よりも認める）に立脚する思想家たちが穏やかな保守の思想家である。それに対して、リバータリアンは人定法《じんていほう》（ポジティブ・ロー positive law）の思想に属する。これ以上の西洋政治思想の一番大きな枠組みの説明はここではできない。私の主著である『世界覇権国アメリカを動かす政治家と知識人たち』（講談社＋α文庫、一九九九年）を読んで下さい。しかし、リバータリアンたちは、権力者や金融財界人たちがあまりに横暴な腐敗政治をすると、怒って果敢に闘う人々だ。

極端に言えば、人間は、財物、牛馬豚どころか、人間自身を売り買いする。歴史上そのようにしてきた。売れるものなら何でも売る。最近は、水でも、空気でも値段をつけて売る。女性の中には、仕方なく自分の体を売る人たちがいる。その方が、工場やお店で働いて稼ぐ収入よりも高くて、割りがよいからだ。それは経済法則であり、市場原理である。イスラム商人や、ユダヤ商人や、華僑や、インド商人は、古来から、人間売買、奴隷売買、女性売買をやって来ただろう。どんな国にも、そういう生の事実は痕跡として、証拠つきで調べられるものとして残っている。

だから、今流行《はや》りの市場原理主義というのは、そんなに奇麗ごとではない。私が、諸事実（facts）を認める、というのは、人間が本来持つそういう残酷さを認めるということだ。しかも、この「市場」（マーケット）とか、「資本主義」とか「自由競争」というのも、概念（観念）にしか過ぎない。それを作った思想家、大学者たちの産物に過ぎない。そんなものが本当に実在するかどうか、分からないのだ。皆で「有る」と言い合って信じ込んでいるに過ぎないのだ。このことを、皆さんはよーく考えてみて下さい。そんなものは存在しない、と言えば、存在しないのだ

たとえば、「産業革命（インダストリアル・レボリューション）」とか、「ルネサンス」とか「フランス革命」というのも、そんなものは存在しなかった、と言えば存在しないのです。歴史学者という連中の多数派が、そう決めて、そういう言葉を使うことに決めただけのことだ。「私は、ルネサンスの時代を生きていました」と、ダ・ヴィンチやミケランジ

エロが言ったわけではない。全ては、コトバだ。知識、学問用の、コトバに過ぎない。コトバは全て、つきつめれば決めつけだ。そう言えば、そうなのだ。

自分との闘いに勝たねば

私は、こういうワケのワカらないことをずっと書いている。いつも一生懸命、資料を調べて勉強ばかりしているのだろうと人々は思っている。読者の皆様にお伝えする。私はもう、四八歳ですから、あまり人の論文や本を精魂込めて読まなくなりました。それよりも、付き合いの席で、しゃべっていることが多い。それで、酒で体をやられたり、タバコの煙（大嫌いだ）で頭をやられたりしていることの方が、実に多い。ですから、毎日のようには書けない。何とかしよう、と猛反省している。自分の人生の残りの時間を、もう少し生産的にしようと、本気で考えている。

じっと、うつうつと、いつも考えてはいる。目先に仕事が無いときは、自分の脳を使って、ひたすらと考えているらしい。それで、きわめて不愉快になったりする。考え過ぎて、「脳がショートする」感じになって、軽い憂鬱症《メランコリア》になります。これも私にとっては、毎度毎度、克服しなければならない「自分との闘い」です。職業病と言ってもいい。みな人は、日々の自分との闘いを生きている。他人なんかは関係ない。全ては自分との闘いだ。自分との闘いに勝たなくてはいけない。

モルモン教（末日聖徒教会《まつじつせいと》）の聖都であるユタ州ソルトレイク市で、今、開かれているオリンピックを、チラとテレビで見ていると、どの選手も、自分の一生の成否を懸けて、自分との闘いをやっている感じが、よく伝わってくる。「ニッポン、がんばれ」とか、「アメリカ人が、団結して強い」とか言ってみても、選手その人にとっては、ひたすら、自分との闘いでしかない。背負っている国家や、国民からの声援なんか、「死ぬ気で頑張る」と決めている自分自身との闘いにとっては、強い負担感と足かせでしかない。

ですから皆さんも、どうか、ご自分との日々の闘いにこそ、勝って下さい。

［二〇〇二年二月一四日記］

後日談

この本を編んでいる二〇〇八年一月の今、自分が書いた過去の文を読み返して思う。私は二〇〇七年の年末一二月から、完全にお酒をやめた。五四歳になってからの決断だ。今はもう食事の席でも酒はいりません。いよいよ厳しい時代に向かって、国家も国民も真剣にならなければならない。甘えた気持ちでデレデレと大酒なんか飲んでいられない。私自身も厳しい自己防御の姿勢に入らなければならない。いつ何時《なんどき》、不意に攻撃を受けるかも知れない。私は、いろいろのことを考えてついに禁酒を決意して実行している。過食もやめた。少食が何よりだ。それでも何の不自由もない。無理やり酒をすすめる人は、今の時代はもういないのだ、ということがよく分かった。売り上げを上げようとする店の店員だけだ。タバコに次いで酒もまた人間（人類）に嫌われだしているのだ。「過剰に食べること」も嫌われだした。六年前の自分の文章を読み返して、あの頃から酒をやめようと準備していたことがよく分かった。

Ⅳ 言論であり人生であり思想

副島隆彦のつくり方

以下は、ある雑誌に掲載された私へのインタヴュー記事が基になっている。兒玉裕子さんという女性が質問者であり、原稿にまとめてくださいました。ありがとう。

（お忙しいところお時間をいただいて誠にありがとうございます。本日は、副島先生のお人柄、生き方について質問をさせていただきたいと思います）

副島 私の人柄（人間性）と生き方についてですか。この手の質問は初めてですね。私は、人生論を語るには若輩だし、本ばかりを読んできたから、たいした人生経験もなくてあまりいいお話はできないと思います。

（いいえ、副島先生は情報を集めることに関しては天才的だとお見受けします。どうすれば、それほど多くの知識や情報を集めることができるのか。先生の生き方から学びたいと思います。まずはじめにご両親についてをお聞かせいただけますか？）

副島 私は一九五三年生まれで、現在五三歳です。私の父は、医者でした。とにかくお酒が好きで、アル中でした。五六歳のときに肝硬変《かんこうへん》で亡くなりました。

（そうでしたか。お父様から教えてもらった良いことは何ですか？）

副島 あまりありませんね。医者のくせに酒ばかり飲んで、神経症で苦しんでいて、自分のことでいつも悩んでいて、私に親らしく何かを教えてくれる、ということは出来ない人でした。「最後の海軍」で、学徒動員で軍医見習い学校に行ったあと敗戦です。戦争の後遺症があったようです。「あの戦争は、国民みんなで戦ったんだ」が口癖でした。

母親は真面目《まじめ》で優しい普通の女でした。カラダが丈夫でよく働く人でした。私がまともに育ったのは、母親のお蔭だと思います。私自身は、高校生くらいから悪さばかりをして、野良犬のような生活をしていました。

（野良犬ですか。先生は大学は、早稲田ですね。どんな学生だったのですか？）

副島 うーん。時代がちょうどそういう時代だったので、昔はよくあったことですが、新左《しんさ》翼《よく》思想にのめり込んで学生運動ばっかりでした。それで命からがら、逃げ回っていました（笑）。あの時代（一九七〇年頃）の思想は、いくらあなたの年代に説明しても分からないだろうなあ。たとえて言うならば、九〇年代にオウム真理教に高学歴の熱狂的な幹部たちがたくさんいたように、異常に宗教にのめり込んだような状態ですかね。宗教は政治思想《イデオロギー》と同じで大きくは真理の探究なのでしょう。少なくとも本人たちにとってはそうです。とにかく大変でした。しかし私は特定の組織集団に入っていたことはない。年齢からいっても、一番若い最後の世代です。

（たしか学生運動は次第に暴力的になって、死者も多く出たんですよね？）

副島 そう。内ゲバと言います。私は死者が出るような衝突現場に直接かかわったことはない。すぐ近くで見ていたという感じでしょうか。亡くなった人たちも、何かのはずみで殺されてしまったという場合が多いのではないですかね。事件というのは、たいてい事故みたいな形で起こるものですから。幸い、私は生き延びました。悲惨な学生時代でしたね。楽しいことなんか何もなかった。引き籠って本ばかり読んでいた。一方で、当時、上村一夫《かみむらかずお》の「同棲時代」というマンガが流行《はや》りましてね。映画にもなり歌もヒットした。私鉄沿線のアパートで女子学生と同棲生活をしたり、私もしました。

（「同棲時代」は知らないです。「神田川」なら知っていますが）

副島 そうそう「神田川」、それも流行ったね。まさにあんな感じだ。僕らの世代は「三畳一間の……」ではなくてアパートも六畳間プラス台所ぐらいはあった。同棲していて、銭湯に行くんですよ。当時は悲惨な学生生活だったのと、若かったこともあって、自分の現実が厳しいものだから、同棲などということをしていたけれども、少しも精神に余裕がないから相手にもとても冷たかったと思います。

私の弟子たちが運営するホームページの「学問道場」につい最近書いたのですが、飼い猫が交通事故で亡くなりましてね。悲しかった。ようやく経済的にも落ち着いた生活になってから飼った猫だったから、家族がいなくなったようで、とても悲しいんですよ。先週は家族でずっと泣いていましてね。でも、学生時代だったら私はこんなに悲しまなかったと思う。自分自身が野良猫のような非情な生き方をしているときには、動物をかわいがる余裕なんかありません。

（今は随分変わられたのですね。優しくなられた。ところで、学生時代に暴れてばかりいた、ということは勉強はあまりされなかったのですか？）

副島 真面目な学生じゃありませんでした。学校の勉強はあまりしませんでした。でも、最後に真面目にというか、「政治的に転向して」普通の学生になって、きちんと卒業はしました。要領はいいのです。元々は勉強秀才ですからね。地方の進学高校を、教師たちと争って、中退しています。だから文部省の検定試験を受けて、それから大学に行きました。

（勉強をされなかったわりには卒業後すぐに銀行に就職されていますね）

副島 そのくらいの学力はあるのです。途中から真面目になったんです。

（なぜ途中から真面目になったのでしょうか）

副島 それは、私の姉の旦那、即ち私の義理の兄が、県立高校の教員をしていましたが、まだ結婚して一年と少しで、クモ膜下《まくか》出血（脳出血）で倒れてしまったんですよ。一九七四年のことです。子どもが生まれてまだ半年くらいでした。それで、私が学生運動とかしているから、自分の代わりに義理の兄が鉄パイプで頭を割られたのだと感じた。このことがあって、きちんと就職して真面目になろうと思いました。普通のまっとうな人間になろうと思ったんですね。まあ、思っただけであって、長い目で見ると実際はそうはなれないのだけれど（笑）。

あのときと同じように、今回、家族同然でかわいがっていた猫が死んでしまったときも、自分の身代わりになってくれたのではないかな、と思ったんです。私はいつ殺されてもおかしくないような、とても人が書かないような危険な真実をこれまで本の中にもたくさん平気で書いてきましたから。もしかしたら猫が自分の身代わりになってくれたのかも知れない、と思いました。飼い猫が死んだことは、私にとってとても悲しいことで、私の人生の節目のように感じます。

銀行マンからホームレス、そして天職の発見

（それから真面目になってからは、銀行勤めは何年ですか？）

副島　六年ですね。二九歳のときに辞めました。

（その間アメリカやイギリスに行かれてますよね。経験が少ないとおっしゃいましたが、多くの経験をされているように思います）

副島　世界の主要な都市は、あっちこっちとほとんど行きました。だけど、経験は少ないと

思います。それにイギリスの銀行でしたから、外資系はきっちり八時間労働だから、仕事が終わったらすぐに飲みに行ったり、遊びに行って、そっちの時間の方が多かったような気がします。ニューヨークでは下町の韓国人バーでいつも飲んでいました。

金融業というのは、すごく大変な仕事をやっているように思うかも知れませんが、そうでもないんです。中味がないんですよ。政治家、官僚の次に中味がない（笑）。大きなお金の計算とかやるけれども、何百億円（何億ドル）とかのお金の計算をずっとやっているのではなくて、英文の書類読みが仕事のほとんどでした。「お金を借りますか？」「貸しますか？」「金利はいくらですか？」というだけの世界です。貸せば黙っていても金利が入ってくるんだから、仕事と言えば細かい契約書を読まされる書類整理だけですよ。

それから、いくら外国で英語でがんばっても、「おまえの書く英文は中学生並みだ」と言われました。日本人は、どうせ東アジア人の一種ですから、まともに相手にされないんですよ。二九歳のときに、仕事が嫌になって辞めて日本に帰ってきました。それで二九歳から三二歳まで、退職金とか株式とかで暮らしていました。人生を降りる、という感じでしたね。もう会社勤めはやらない。何もせずにブラブラしていよう、と思いました。

（ええっ？　三年以上も働き盛りの年でブラブラしていたら、ご家族も心配なさったでしょう？　三年ってブラブラするにはかなり長くないですか？）

副島　でもひとり暮らしですからね。心配してくれたのは母だけですよ。この世で本当なのは親子の愛だけです。親子の愛だけが本当です。あとの人間関係はあんまり信じられません。私は浮浪者になろうと思っていたんですよ。種田山頭火《たねださんとうか》という歌人が好きでした。彼にも実際はちゃんと住《す》む処《ところ》もあったのです。山口県の人ですが昭和の始め頃に、九州の山奥を修行僧として行脚《あんぎゃ》して、そして優れた透徹した俳句を書いた。「人間至《じんかんいた》る処青山《ところせいざん》（死に場所）あり」というような句です。私は、「新宿駅で三日間だけ乞食（ホームレス）をやっていますから会いに来て下さい」という葉書を二〇〇枚くらい作って知人全員に出しました。若い女性二人だけが来てくれて、道端に座っている私の姿を見て五〇〇円玉をチャリーンって缶の中に入れて、キャッキャッって笑って去って行ったのをすごくよく覚えています。五〇〇円玉が出たばかりの頃です。

（本当に浮浪者をやったのですね。何でまた浮浪者をやろうと思ったんでしょうか）

副島　当時、一九八二年ごろは、新宿駅の浮浪者が立ち退きを命じられて抵抗して新聞記事になったりした時代でした。そのころ「ホームレス」という言葉が日本にやってきましたね。新鮮な響きがあった。浮浪者とはっきり言えばいいのに。とても注目されていたんです。私の中で、ホームレスが非常にファッショナブルだったんですよ（笑）。

（人生降りる、と言うわりには悲壮感がないですね。では、三三歳から予備校の先生になっていますが、これはお金がなくなったからはじめたのですか？）

副島　そうです。生活のためです。かつ、あの頃にちょうど日本の八〇年代バブル・エコノミーが始まったのですよ。予備校の先生というのは、試験があって実力がないと誰でもはなれなかった。当時は浪人した子どもたちを予備校に行かせることがすごく流行《はや》ったのですよ。熱気がありましたね。ワイワイと予備校に若い人がものすごい数で集ったのです。あの頃は大学受験が一番人気があってファッショナブルだったのでしょうね。

（なるほど。副島先生らしい職の選び方ですね。予備校の講師から、ある日突然評論家になろうと思われたのですか？）

副島　いや、私は、すでに三〇歳で本を出しているんですよ。

（ホームレスをやってみようと思っていた頃ですね）

副島　そう。『フェーム』"Fame"という映画で学びましたね。ニューヨークの若いダンサーたちの話なんですが、自分が出演したダンスの劇（ミュージカル）の実績のアルバムである、ポートフォリオを持参して自分を売り込みに各劇場のオーディションを受けてまわるんです。よし俺もあれをやってみよう、と思って、自分の書いた短い作品を持って出版社をあちこち回りました。その頃講談社とか集英社にも行ったのですけれど、始めは相手にされなかったですよ。振り向いたらゴミ箱に自分の原稿が捨てられてたりね。それでもしつこく自力で営業、売り込みをした。雑誌に書き手の名前は載らない「埋《う》め草《くさ》原稿」というのを書く仕事をもらえるようになりました。ニューヨークSOHO《ソーホー》の現代美術の話だったり、ロンドンのジョージアン・ストリートのパンクロックや、ブルーノートのジャズなんかの記事を書いて『ホットドッグプレス』や『ダカーポ』とかに載せてもらったんです。そういう記事を書いたのが私のもの書き人生のはじめです。それから、宝島社で『英語の本』を書くようになった。原稿料での年収は三〇万円でした。

（では、もうその頃からすでにライター志望だったのですか）

副島 いや、自分が作家や言論人になれるなんて思っていませんでした。学生時代に一瞬は、小説家になりたいと思ったことはあった。けれども、やっていることは法学部だし誰にも相手にされませんよ。どうやって政治小説のようなものを書いてそれを世の中に出すのか分かるわけがない。書くだけはいつも何か書いていましたけどね。それでも、学生時代に「世田谷文学賞」というのを、応募して、もらっています。住んでいたのが世田谷区でしたから小説を投稿して受賞したんです。ですから、サラリーマンをやめて三〇歳で「俺はもの書きになる」って決めたのでしょうね。それでも何となくですよ。自分は、世捨て人だと思っていましたから。もう他人に使われて、他人のために生きるのはやめたと決めていましたから。

（ホームレスをやったりした時期は、本を読んだり原稿を書いてばかりいたのですね）

副島 そうですね。誰も相手にしてくれない。誰も自分の話なんか聞いてくれない。ポツンとひとりぼっちです。世田谷のアパートで暮らしていましたが、自転車であちこちの公園に行ってのんびりするのが日課でした。だからひたすら原稿用紙に向かって書いていました。今でも私の学問道場の弟子たちに言います。「原稿をとにかく五〇〇〇枚分書け」と言っています。なんでもいいから書け、ただひたすら書け、と。今はインターネットがあるのだから、ネット上に、どこでもいいから、発表できる場がある限り載せて公表せよ。そのうち注目してくれる人が現れる。自分にもの書きの才能があるか無いかが分かるのは、その後だ、と教えています。予備校や大学で教えるようになっても、ひたすら本や原稿を書いてきました。これは私の天職《ベルーフ》だと思っています。

（副島先生にとって、「生きる」とはどういうことでしょうか？）

副島　生きるということ、ですか。私の場合は、三〇歳のときからもの書きになろうと思った。それが自分の生命エネルギーになっています。がむしゃらに書いていたらやがてこれでご飯が食べられるようになりました。あとは、私にとっては「生きる」とは「人生の謎解きゲーム」でした。世の中のしくみが本当はどうなっているか、という真実を暴《あば》くのが私の使命《ミッション》です。なぜ戦争が起きるのか？　なぜこんな世の中なのか？　なぜ貧富の差（格差）はこんなにひどいのか？　ということを、自力で解いていったら、今の世界はアメリカの金融財界人の親玉であるロックフェラー家に上手《じょうず》に全てが管理され、支配されているんだ、ということが分かるようになってきました。この二〇年間は、自分の脳こそが何かに騙《だま》されているのだと疑って、隠されている大きな真実を暴くための旅でした。私は自分自身が信じていることを全部、疑うのです。

（普通の人は、テレビなどのメディア、世間の常識に騙されるのですけどね。先生のような方がいらっしゃるから、真実が暴かれていくのですね）

副島 そうだと思います。私の能力は、真実の受け皿ですね。ラジオをチューニングするみたいに、世界中に流れている、たくさんの知識、情報の中から、パッと真実をキャッチする能力があるらしい。そのキャッチした情報を、日本語という東アジアの原住民である、日本土人《どじん》（失礼）の言語に翻訳して国内に伝えるのが私の仕事です。

（日本土人ですか……）

副島 よく講演会でも、土人と言って嫌われます。地球上の人間はどこに住んでいても、結局、全部土人、土民《どみん》です。じゃあ、原住民や現地人という言葉を使えば怒られないのかと言い返します（笑）。

（先生が怒りながら講演をされている姿を見ると、一番先に争いに向かって走っていきそうに見えますけれど）

副島 そこなんですね。僕の本性《ほんせい》は、そういう怒りっぽいところが本性なのですよ。だけど私が怒りながら喋ることは、「反戦平和の思想」なんです。確かに自分が一番先に戦争に行きかねないほど怒るのだけれど。この本性は、自分の中でも解決困難なんですよ。

（怒るけれども、反戦平和なんですね）

副島 そうです。どれだけ怒って反戦平和を唱えても、戦争を起こすときは、あいつら（世界の支配者たち、金融資本家たち）は起こすだろうね。一〇年に一度とか。どこかで戦争をしないと済まないようですね。景気が悪くなると、それが大不況（恐慌）に突入するのを防ぐために、戦争をする、という感じです。戦争という公共〝破壊〟事業で、溜まった在庫を一掃して、それで景気回復させようとするんですね。戦争をどうしてもやりたい人、参加したい人には反対はしません。どんどんおやり下さい。その人たちの本性《ネイチャー》でしょうから。だけどやりたくない人まで巻き込むのはやめてほしいです。私は自分の考えを冷酷なところまで突き詰めました。やりたい人はやって死ねばいい、と思います。騙されたい人は騙されればいいんだと。

あちこちに講演に行くと、「それではどうすれば、戦争を避けられるんですか？」とよく聞かれるんだけれども、私は「避けられません」と言います。私は真実を暴くだけであって、政策立案実行者《ポリシー・メイカー》ではない。何の力もない。責任もない。だから傍観者に徹しているんです。

（それはなぜでしょう）

副島　やっぱり、危ない現場をたくさん見てきて、自分はギリギリのところで、危険を避ける、ということを体で覚えたんでしょうね。相当危ないところまで近寄ることはするのだけれど、最後は自分の身を守ります。逃げると決めたら、どこまでも逃げる。真実を悟《さと》ったら逃げ足は早いです。危険なところをうろうろなんかしていません。だから私は大きな間違いをしない。「副島って男は、かなり危ないことを言っているけれど、最後には自分や周りを守るんだよな」と言われます。

ぐじゃぐじゃした人生をどう生きるか

（それでは、真実を暴く傍観者である副島先生に質問です。もし自分の思ったとおりの地球ができるとすると、どんな世界を創りますか？　一〇年後にどんな世界だったら楽しいでしょう）

副島　うーん。私は知識人（インテレクチュアル）ですから、そういう質問が最も答えられないのです。「どんな世の中になったらいいか」なんて発想ができないんですよ。味わいのない人間というか。大量の読書を四〇年間もやってきたオヤジだから、「もしこうなれば」という仮定の質問には一切答えられない。今が全てであって、仮定では生きられない。

（なんだか夢がないですね）

副島　ないです。夢がないのです。徹底して殺伐《さつばつ》としているんです。こうなって、次はこうなって、なるようになって、なったものしか信じない。私は実験（エクスペリメント）をやっている科学者（サイエンティスト）と同じなんですよ。こう実験して、こうなった。こうなったから、そうなったものしか認めない、と。

（よく聞く話では、人間は未来をイメージし、確信を持つとそれを現実にする力を持っている、と言われます。こうなったらいいな、という未来像はないのですか?)

副島 こうなったらいいな、というのが私にもあることはあって、一生懸命思ったり、頑張ったりすることは、それなりに少しは現実になる。強い願望は実現するとは思います。だけど「必然というものがあって、それは避けられないのだ」ということを最初に言ってしまった人間ですから。こうなったら、を言わないように生きています。

「私はどうせあと一五年で死ぬんだ」とかそんなことばかり言うんですね(笑)。本当は夢や希望を語ったほうがいいんだけどね。人生には嫌なことや、苦しいことがたくさんあるけれど、その先に光を見つけよう、って言いたいのだけれども。簡単にそれを言いたくない。まだそれが言える齢《とし》になっていないんですよ。だから言いたくないんです。私の齢だとまだ言えないのです。だから私は今のこの地獄のような、現実の世の中のことをぐじゃぐじゃと言うんです。

(それでは、そのぐじゃぐじゃとした地獄のような現実をどう生きればいいでしょうか。若い人にアドバイスをお願いします)

副島 そう、その質問なら答えられます。まず、今、自分が信じていることをもう一度疑いなさい、ということがひとつ。それから、「あ、待てよ」と思うことは凄く大事です。「あ、待てよ」と立ち止まってもう一度考え直してみる、ということが大事です。迷っていて、悩んでいて、何かに少し気づいたらその閃《ひらめ》きはものすごく大切なんです。悩んだ果てで、気づいたことは、大きな財産となる。自分の頭と体で生《なま》で体得《たいとく》することが大事ですね。知識や思想も、体で味わって分かるべきことですね。若いということは、智恵が足りないということですから、いろいろと歩き回りなさい。私も五〇歳を超えてようやく大きくものごとが分かるようになった。四〇代まではいろいろと騙されましたね。

（それは、本を読めということでなく、経験をしろということですか？）

副島 いや、本も含めて。勝手に枠をつくらずにいろいろなジャンルの本を読みなさい。それから、いろいろな経験をしなさい、と。

私が今、金融・経済の本が書けるのは、たまたま若い頃銀行に勤めていたから書けるのです。本当はあんなお金の話は私は嫌いなんです。経済学部を出たわけではない。経済学の勉強をしたわけではない。でもお金（経済）のことは大事だから、政治思想の研究の他にずっとやっています。それから大学で教わった法律学も大嫌いだったんだけど、若いとき法律学をやっていたから、今でも言論での争いが緻密《ちみつ》にできるんですね。他の評論家たちなんか粗雑な頭をしているなあ、と見下ろしてしまいそうです。だから、自分に向かないと思うことであっても、若いうちはやっておきなさい、と言いたい。嫌なことでもやっておけば後々役に立つというのは本当だと思います。若い人は嫌なことから逃げてはいけないのです。

（特に最近は「好きなことをしよう」という内容の本が多いので、それに便乗して働かな

い若者も多くいますね）

副島　そうだね。だから私は自分のところに寄って来た弟子たちに、嫌なことから逃げるな、と教えます。目の前の苦しいことから逃げるな。迷ったら苦しい方を選びなさい。安易な道を選ぶな、と教えます。私は三〇代、四〇代で、合計八〇冊の本を書きました。一冊一冊書いていくのは、本当に苦しいことなんです。自分の命を削る感じです。楽なわけはないです。自分は自分で望んで、自ら嫌なことを引き受けて、他の人たちが嫌がって近寄らないところに置かれている謎を解かなきゃいけないのだと、いつも思っています。みんなが見たがらないところに真実が隠されている。どんなに苦しくとも立ち向かう。だけど苦しさに押しつぶされてしまってもいけないから、ギリギリ限界のところまで頑張る。そして、もうこれでいいや、というところで手放す。これ以上はもう無理だ、というところで私は諦《あきら》めるのです。私は諦めも早いです。諦めて、次の課題（謎）に向かいます。

　無理なことをあんまりするな、どうせ無理なんだから。という発想を一方で待っています。ですから私はこうしてもの書きとして、生き延びることが出来たのでしょう。私の本は真実をたくさん暴いていますから徐々に読者が増えてきました。それを私は全て自力でやってきた。人生は自分との闘いです。他の人は関係ないです。

（そういう思いで書いてるからこそ、あんなに本が書けるのですね）

副島　そう。苦しいんですよ。しかしこれは私の天職《ベルーフ》です。私は先走らずに、コツコツとやってきました。自分が納得するまでテコでも動かない。のろまなカメのような生き方を選びます。ウサギ型の生き方は好きではありません。スピードを出しすぎると、事故を起こすんです。必ず事故を起こす。気転や要領ばかりで生きている人は前につんのめりますね。人よりも得をしようとか、上手《じょうず》な生き方とかは、嫌いです。「生き方上手」というようなことを言う人は、私は大嫌いですね。生き方下手《べた》でいい。どんなに人々に嫌われてもいい。石を投げられてもいい。じっと我慢して堪えます。そして、大きな枠組みの中の真実を掘り当てます。

私は、自分よりも先にデヴューしてテレビとかでいい気になっている連中を冷ややかに見ています。私は、あんなおかしな人騙しのテレビや、大新聞や、権力メディアの連中には魂を売りませんから。周りからチヤホヤされる有名人になんかなりたくない。あんなのは馬鹿がやることだと思っています。

女の人のほうが長生きしますよね。鈍重《どんじゅう》に生きた方が長生きする、というのは本当だと思います。コツコツ、自分の信念を貫いて生きて、そしてすっきりと死にたいと思っています。

（本日は、本当に素晴らしいお話をありがとうございました）

［基になったインタヴューは『にんげんクラブ』二〇〇六年一〇月号に掲載された］

京都懇親会でとことん語る

二〇〇一年八月三日、一八時から二〇時半にかけて、京都市内で「副島隆彦氏を囲む懇親会」が開催された。そのときの録音内容を文字に起こした。録音時間は約二時間である。

副島　そうだね。私（副島隆彦）が、自分で書いた本を、自分で読み直しても恥ずかしくなくなったのは、四〇歳を超してからだろうナ。三〇代のときはいやだったネ。自分の文章を読み返すというのは。ある程度書き慣れてくるとネ、もうこれでいいんだっていう気になって、最近はもう、なんともなくなった。

年季が入ってくると、もの書きというのはネ、書いた文章は商品だから。書いて活字になってしまうとモウ、私がどうこう言えないところがあってネ。受け取り手の勝手な解釈や理解というのを、認めるしかない。あんまり言いたくないけど。それぞれの読者にとってその評論文の持つ意味ってのがあるからネ。あんまりそのへんは気にならないようになったな。ま、今のところ、僕はもの書きとしてはまったく悩んでないし、まだまだやれるゾッという気があって、元気だナア。（一同、うなずく）

みなさんが、僕の読者で、関西方面じゃ、第一期生になります。

（昨晩は、緊張して眠れませんでしたの声。一同笑い）

副島　私自身は、会って話せば、絶対怖い人間じゃないですよ。遠くから見たら……怖い人間に見えるんだってね。今日あった研究会なんかに出ていても、私のことを、とにかくいやな奴で、怖いやつで、すぐに人に噛みついてくると、思ってる人が多いみたいだ。ほとんどの人がそう思ってるらしい。実際の私は、ちっともそんなことはないのにね。

（今回の京都での用事は何だったんですか？　の問い）

副島　ああ、今日は、大手広告業者の電通《でんつう》主催の勉強会です。泊りがけで来ていた。ここに呼ばれている学者、もの書き、評論家たちとは、仲良くやっています。向こうにしても副島というのは会ってみれば「案外、気さくなやつだ」ってことになるらしい。だけれども、その先まで話していくと、ホラ、私は、余計なことを言って相手をガツンとやるから、やっぱりいやな奴だ、ということになるんだ。（一同爆笑）

だから、そんなにネ、あたり構わず喧嘩を売ってどうこうしようという気持ちは最近なくなった。それでも、私にはやっぱり、私の目標というのがあってね。石原慎太郎や岡崎久彦らとの言論人としての闘いはやる、ということになる。

私の置かれている立場は、簡単なんだよ。左《ひだり》の方で、佐高信と田中康夫と岡留安則がいるでしょう。「絶対、副島だけは相手にするな」って、彼らは言っている。そして、こっちの右（保守）の方に、石原慎太郎と岡崎久彦と中西輝政がいる。

左右に三人、三人ずつの合計六人。実に簡単な配置だ。左右両方で六つだ。まあ、向こうからすれば、副島なんか相手にしない、あんなやつ相手にするだけ損だってことなのでしょう。と言いながら、彼らは陰険だから出版界で圧力かけるわけでしょ。「副島には書かせるな」って。で、この書かせない理由がすごいんだよ。「あんな奴に書かせたら、あなたの雑誌の品位が落ちるよ」って。彼らはこんなことまでやるんだよ。その証拠（業界人からの証言）も、私は握っている。すごい連中だなあって思ったね。

とりあえず、まあ、もの書き業は私にとっての、商売だからナア、これは、言論業という人生戦略上の立場であり、それでご飯を食べている本業だから、必死にならざるを得ない。でも雑誌や新聞の編集者たちを含めて、いくら業界人たちから間接的な圧迫を受けても私はあんまり動じないんだ。もう、長いことこういう状況の中で生きてきたから。私は、ものすごく打たれ強いんだ。

（副島先生から見たら、彼らはあんまり相手にならないですよね、という問い）

副島　それでもね、彼らは大きな国内勢力だからね。一人ひとりが大きいわけでしょう。テレビ番組持ってて、東京都知事で、この三〇年、四〇年間、ずっと出ずっぱりでやってる言論人だし。石原慎太郎は若い頃、映画俳優もやって映画監督もやっている。映画全盛時代には。だから業界で長いんだ。端《はた》から言えば、一般国民から見たらサ、比べものにならないよ。私なんて誰も知らないもの。ここに集まった若いみなさんから見たら、石原慎太郎なんてどうでもいいよって思うんだろうね。けど今の日本の社会全体からは、やっぱり大変な人なんですよ。私なんて足元にもおよばないって感じだ。

ただし、皆さんとは更に世代が違うからね。一番簡単な言い方をすると、石原慎太郎は、もう六九歳で、七〇歳前だから、あと一〇年で死ぬんだ。（一同爆笑。副島先生も大笑い）

いやあ、そういうもんよ。こういうことは、はっきりしてるんだ。私と仲のよい編集者のひとりが先日、言ってたけど、「あと五年もすれば副島さんの天下ですよ。他に四〇代のもの書きで、いますか？　ずっと、きちんと書いてきた人っていませんよね」だってさ。出版業者というのはこういう冷酷な言い方するんだ。お世辞も入ってるけど。

生物学的、事実的、必然的にそうなる。そう言えばそうでしょう？

私が日本の言論業界で一〇年後に、生き残っているかどうか分からないし、何があるか分からない。だからそんなに威張りくさってもしょうがないんだけれど。まだ、私は今、四八歳だから、あと二〇年は少なくとも現役で書ける、と思ってる。近場で一〇年かな。そんなものだよ。人間は、いつまでも生きているわけじゃないんだから。

だからネ、政治家でも、言論人・文化人でもネ、「適齢期」というのがある。結局、六〇を超して、七〇歳も超したやつは、気力が萎《な》える。どうせ死ぬんだよ、ほんとに、死ぬんだ、冗談じゃなく。自分は一〇〇歳まで生きる、なんて思ってんのは大衆だけだね。大衆って暢気《のんき》だから、自分は一〇〇まで生きれると思ってるんだよ。（一同、苦笑）

政治家たちは「自分もあと何年」と口にする。分かっているんだね、自分のことを。職業柄、彼らは命を燃やしつくすからね。だから、権力者たちというのは案外謙虚だよ。一番傲慢なのが大衆だ。一〇〇歳まで生きて、「自分のために社会がある」と思い込んでいる。だから、「もっと福祉を寄越せ」と言うんだ。大衆を怒らせたら怖いっていうのは本当だと思うね。だから私は、日本の国民大衆に、本当のことを教えて、「日本は、アメリカの属国なんだ。ずっといいように扱われて来たんだ。お金もたくさん貢いできた。だからもっと怒れって」、これが私の考えです。まあ、これ以上じゃないナ。

（読売テレビの番組「ウエークアップ」に最近、出ておられるんですか、との問い）

副島 いやいや、七月に出る予定だったのが、なくなってるんだよナ。（副島先生も含め、一同笑い）

（インターネットで「ウエークアップ」ホームページのゲスト欄に、副島先生が載っていないことの指摘あり）

副島 出演依頼の電話が来なければおしまいなんだよ。テレビっていうのはネ、好感度、好印象で全部決めるんですよ。テレビの画面での好感度が悪いやつはもう出さない。それだけ。企業のスポンサーがいて、その宣伝コマーシャルで、一秒何十万円て世界でしょう？お金がかかってるから。

テレビ番組って広告のためにやってるんだよネ。中味なんてどうでもいい、広告が一番大事なんですよ。いやあ、コマーシャリズムっていうのはすごい。広告のためにやっているわけだから。みんなは広告になるとテレビを消したり、見なくなったりするけどね、ほんとは広告のためにあるわけ。そこを無視して動いちゃいけないんだな。私は、そのことを考えている。

だから好感度だけで番組は成り立っている。舛添要一なんか、何言っても好感度がいいから。だけど何言ってるかまったく頭に残らないんだ、あの人のしゃべったことは。舛添って、一体、何を言ったんだっていったらひとつ言も残っていないんだ。あれで一五年もテレビに出続けている。好感度だけは抜群なんだろうなあ。それで、この七月の参議院選挙で、一五〇万票集めたから鼻高々なんだ。

だからね、私は別にテレビ出演にこだわらないし、ああいうあらかじめ言論統制されたメディアが何を言おうが、どうでもいいんだ……。でも、国民は、ああいう既成メディアに支配されているからね。それはそれで、ものすごく大きな事実だ。私には、どうしようもないです。

（副島先生以外の、ここの参加者の発言によって、以下の事実が明らかになる。一、NH

Kの大河ドラマのギャラは、民放のドラマのギャラの五分の一の安さだ。それでも全国放送だしプロダクション側もタレントに箔《はく》がつくので、それを容認している事実。二、紅白歌合戦に出演した、ダウンタウンの松本人志のギャラが五万円だったという事実）

副島 まあ、出演料五万円が普通でしょうね。文化人・学者が、テレビにちょっとしたコメントで出るときは、だいたい五万円。一〇分でも三〇分でも同じ。でも、芸能人はね、特に歌手はね、プロダクションが抱えてるわけでしょう？　付き人がいるでしょう？　運転手がいるでしょう？　もしかしたら、衣装係りの人とかもいる。だから何人分かなんですよ。だから芸能人の場合は出演料の「マル」が一ケタ違う。学者系でも、タレント化して、芸能プロダクションに所属すると、僕らただの評論家が出たときには五万円でも、それが五〇万円にはね上がるわけだ。

だから、事務所がいる、付き人がいる、ある場合は歌番組で歌を本当に歌うという時には、生バンドが入るわけでしょう？　そのときには二〇〇万円になるだろうナ。じゃないと二〇人以上の人が関わってるわけだから。機材を持ち込むとかなるわけだし。

プロの世界ってそんなものですよ。あんまりよくは知らないけれど、全部お金で動いてるからね。日当がいくらかって計算する世界だよね。人間が動くとき一人当たりいくらという世界だ。

こういうことも全部、ほんとはね、全部ばらさないといけないいんだ。だから私がこういうことを書くことに価値があると思うんだけどネ。こういう些細なことを私は知っている限り全部書こうと思う。インテリ系である私の読者に、みんな教えてしまおうと、ずーっと思っているんだ。書こう書こうと思いながら、なかなか書く機会が無くて、それで、こうやって、しゃべる機会があると、しゃべっているんだけどね。なかなか書けないんだよ。私にはしゃべることがまだまだ無尽蔵にあるんだ、私には。（副島先生含め、一同笑い）

（京都ではどんなお寺を回りましたかの問い）

副島　昨日、新幹線に飛び乗って、京都に来て、勉強会をやったり、お寺さん回りをしながら過ごしていた。いろいろと行ったけど、安倍晴明《あべのせいめい》神社に連れて行ってくれた。ホラ、君らも知ってるだろ、安倍晴明と言えば、陰陽道《おんみょうどう》の陰陽師《おんみょうじ》だ。知ってる人は若い人で、知らない人はおじさん。最近、少女マンガで売れたんだってね。今回の京都で一番の収穫は、あれを知ったことだ。

それ以外にもすばらしいお寺さんをいくつも見せてもらった。もう一生、二度とこの寺には来れないだろうなあ、と思いながら。壮麗な南禅寺《なんぜんじ》とか大徳寺とか、薬師寺とか。竜安寺の石庭も見せてもらった。「あー、そうですか」とか、「へー」とか言いながら。桂離宮と修学院《しゅがくいん》も特別に見せてもらった。今は、あんまり言葉にならないね。

（お寺は、別の方とご一緒にごらんになったのですか、との問い）

副島　広告業界の最先端の人たちだから、ものすごく鋭いからね。ちゃんと連れてゆくんだよ、そういうところに。今、人気のあるのは、鈴虫寺《すずむしでら》じゃなくて、安倍清明神社だ。陰陽寺だ。神社なのにお寺でもある、というのだから、ぐちゃぐちゃに神仏混淆《しんぶつこんこう》しているね。というよりも、本当は神道でも、仏教でもない。第三の道で、本当の日本の民衆信仰は、陰陽道（道教の一種）だったらしいんだ。平安時代も、鎌倉・室町時代も、江戸時代も。貴族たちを含めて日本の民衆は、どうも、本当は陰陽道を信じていたらしいよ。

若い女の子たちがおみくじ引いていた。若い女の子がくじ引きじゃなくて、おみくじ引いてるわけ。奥のほうでは、五千円払うと、占いをやってくれていたみたいだ。マンガをきっかけに若い子たちがワッと集まるってことはすごいことだね。少女マンガでしょ、最初は。その前に夢枕獏《ゆめまくらばく》という小説家の小説が原作であるらしい。若い子たちがそこに集まる以上、それはマーケットだからネ。ちいちゃな神社でサ、なんだこりゃ、みたいな。長い間、ほとんど相手にされていなかったところが、急に、風水《ふうすい》とか、易学《えきがく》とかホラ、陰陽《いんよう》五行《ごぎょう》とか、方角占いとか、もう、なんだか……（副島先生のあきれたような口調に、一同笑い）

それでも、まあ、しょうがない、それで出来てるんだから、日本の本当の歴史は。私は商業主義というものにいよいよ徹底しようと思う。商業的にうまくいっているのは偉い、すばらしい、ということに決めた。（副島先生含め、一同笑い）

私は、リバータリアンで、「中小企業の経営者が一番偉い」という思想になりつつある。

これで間違いがないような気がするんだナ。

保守派言論界の内幕

（『新しい歴史教科書の絶版を勧告する』を著した谷沢永一《たにざわえいいち》を、どう判断すべきかとの質問あり）

副島　わたしの個人的な主観を交えずに言うと、谷沢永一は、保守言論界をやや追放中だな。藤岡信勝《ふじわらのぶかつ》と喧嘩して、やっぱり谷沢の方が負けたんですよ、勢力的に。そりゃ、やっぱりね、保守言論人どうしでも、いろんな駆け引きがあり、藤岡信勝も、別に勝ち進んでいるわけではなくて、結構孤立しているのだけれど。谷沢永一が捨てられつつあるね、主流派の保守言論界から。私なんて、最初から、彼らからは「この野郎」って思われてて、ずっとはずれてるから。かえって、ゴロッゴロッって彼らがこぼれてくる感じが、非常によく分かる。

私は実は、あの『新しい歴史教科書の絶版を勧告する』の本のことを割とよく知っているんだ。だって、その本はビジネス社っていう出版社から出たでしょ。たまたまあの会社に行ったときに机の上に発売前の見本があったもの。

でもね、やっぱり、あの本は、保守言論界から見ても、揚げ足取りにしか見えないね。それで、谷沢永一が、あそこで書いてること自体が洟《はな》で笑われてるんですよ。藤岡に対する怨念で書かれていたから。

で、もうちょっと秘密を話してしまうとね、あの本の中には、たなかひでみち、っていうね、たなかえいどう（田中英道）っていう東北大学の美術史の先生がいて、彼は「新しい歴史教科書を作る会」の幹部のひとりなんだけど。彼は、イタリアのルネサンス期のミケランジェロの研究とかやりながら、日本の天平期《てんぴょう》の、あの、運慶《うんけい》とか快慶《かいけい》がつくった、例のあの毘沙門天像《びしゃもんてん》とかを指して、「東洋のミケランジェロだ」とかそういうことを言うやつなんだ。ご自由にどうぞって、私は思ってるんだけど。

まあ、とにかく、それで保守言論界でちょっと受けてるやつがいて。それで、藤岡じゃなかった、西尾幹二《にしおかんじ》が会長でつくった中学生用の『新しい歴史教科書』の、例の本に対して、「中世美術を書く者で、こんなひどい内容を書く者はいない。田中英道だったら、絶対こんなことは書かない」と谷沢は、自分の『勧告する』で書いたんだ。そうしたら、実は、「新しい」のそこの部分は、実は全部、田中英道が書いてんだ。（副島先生大笑い）

つまり、ウーン、谷沢永一ってのはね、怨念で書いてるから、「田中英道だったらこんなひどい文章は書かない」って言ったところを、全部、田中英道が書いてたんだ。つまり、そういう事実があるから。これは、ここだけの内緒の話だよ。やっぱりネ、谷沢永一っていう人は、書誌学《しょしがく》とか、日本の古典教養への深い理解とか、持て囃《はや》された時期があるけど、本当は、サントリー文化人であって、大きくは、山崎正和《やまざきまさかず》（大阪大学名誉教授）たちにいいように扱われているだけの、大阪地区の、アメリカの手先集団のひとりだな。自分では、このことに気づいていないだろうど。つまりそれぐらいに鈍感。山折哲雄《やまおりてつお》なんかと比べると、そこが頭の悪さだな。もっと言えば、司馬遼太郎こそは、彼らの神様であり、頭目《とうもく》だからね。

司馬遼太郎が、ノモンハン事件の時の、戦車隊か砲兵隊付きの情報将校（モンゴル語の言語将校）で、かなり、裏のある動きをしている。このことは、今西錦司《いまにしきんじ》や梅棹忠夫《うめさおただお》、それから、梅原猛《うめはらたけし》に繋《つな》がる、京都、関西学派のインテリたちの背景に秘密がある。

彼らが、陸軍中野学校出の情報将校たちを上から、学問的に指導したんだ。

戦前、戦中にどれほど、彼らが東アジア全域での偵察・情報収集活動や、山岳踏査行をしていたか、を調べれば分かることだ。それが戦後は、中曽根康弘の系統の息のかかった、アメリカの意を体現する文化人、現実政治に関与する知識人（各省庁の審議会委員）になっていったか、で分かることだ。この辺のことを、そのうち私は、まとめて書くけどね。
谷沢は藤岡に対する個人的な憎しみだけで書いたから。マア、ぼろ負けだな、本自体が。しかも、実は、藤岡っていうよりも西尾幹二自身が、『新しい歴史教科書』で、ぼろ負け。公立学校では採用ゼロ。私立学校でもほとんどゼロ。これは負け。これくらい、やっぱり、朝日・岩波文化っていうのと、彼らが握りしめてる教育界（ニューディーラー左翼）っていうのはまだまだ強いんだ。とくに歴史学会は、左翼学者の方がよく学問が出来てしっかりしている。夢やロマンで歴史が成り立つはずがない。自分の国の歴史学ぐらいは、自分たちの方が、外国人の日本研究学者よりも出来るだろうしね。

日本の社会全体がかなり保守化していても、教育界とか大学の学者の世界、大学教授たちの世界では、まだまだ左（左翼）が圧倒的に強いんだ。国立大学だけではなくて、大手の私立大学でも。本当のところ、まだ八〇％ぐらいは、共産党系だろうね。共産党員ではないのだけれども、それにかなり近い人たちの世界だ。とくに国立大学は、今でも、そんなものだ。理科系の学者たちでも雰囲気としては、日本共産党的な人が多いんだ。東大の物性《ぶっせい》物理なんか、いかにも、唯物論（マテリアリズム）だし。化学《ばけがく》や生物学の中の遺伝子学だって、元は、オパーリン＝ルイセンコの赤色生物学《せきしょくせいぶつがく》からはじまったんだから。「生物も、物質だ」って。そりゃそうだろうな。神（ゴッド）が出てくる場面じゃないからね。ヒトゲノム（ヒューマン・ジェノム human geneome）の全解読とかには、宗教性は全く無いからね。

文科系の学問でも、歴史学とかは、やっぱり岩波文化人の最後の牙城だからね。だから、ぼろ負けに負けたんだよ、『新しい歴史教科書』派は。それが真実。

表面上は、ホラ、私たちは、勝利に向かって闘ってますみたいな、ネ。それでもあの教科書自体は一般書店で、売れたわけだから。「歴史」と「公民」の二冊が、それぞれ七〇万部、四〇万部とか。

商売としては扶桑社が勝ってるように見えるんだね。でも実情は、教科書としての採択は、実際上ほとんどゼロだから。東京都の養護学校とかに、石原都知事の圧力でなんとか押し込んだだけだ。そういうモンよ。

プロと敵がコソコソ見に来るサイト

私が、こんなことをどこかに書いたって、全体の動きには何の影響もないよ。私としては、だから、何を書こうが、マア自分の勝手だから、好きにやってようかなあって思ってるんだよ。

たかだかサイトを一日三〇〇〇人ぐらいの人が見に来るくらいっていうのは、社会的にはまったく影響力は無い。ゼロだって考えた方がいい。だから、＊＊君にも言いたいけども、ほとんど影響ゼロなんだよ。影響ゼロ、社会的な影響も無し。（副島先生笑い）（ゼロだけれども本が売れるからネット言論をやる？）

副島 いやア、本は本屋で、だからね。本自身は、私の本は、最近は、まあまあ売れるけども、ネットでどうこうっていう面においては、見に来る人が三〇〇〇人やそこらっていうのは、もう、ネグリジブル（negligible、無視できる）だよ。意味がないぐらいにキツイ。

だけどこうして、みなさんみたいに、より大きな真実は何か、を追究しようとして、私の周りに集まってくる若い人たちがいるということが、私自身にとっても驚きなんだ。そういう人たちが、少しずつ全国にいるってことだから。それが今は、三〇〇〇人だってことだね。

私の本は、政治評論の硬い本でも、二万部や三万部は、売れるんだけど。ネットをやる奴っていうのは、四〇歳から上はあまりいないでしょ？　二〇歳《はたち》の学生から三〇代までだ。案外、理科系の技術者が多い。理科系の人たちは、生来、頭が緻密に出来ている、というか、変な考えに毒されていない人が多いから、年配の人でも、「こいつの書いていることは、おそらく真実だ」と冷静に判定して私の本の読者になってくれる人たちがいる。彼らにとっては、インターネットぐらいは朝飯前だ。

だけど、文科系はやらない人がいっぱいいる。かつ、そのー、なんて言うんですかネエ、いくらアノ、ここでネットやってます、サイト（ホームページ）開いてますって言ったって、そんなに集まって来ないよ。

つまり、今のところ、ほとんど無視していいくらいの内容だ。先々は分からない。だから、私のマァ、理想としては、早く一万人まで、毎日見に来る人が一万人まで増えたら、ちょっとした社会的影響力が出る。これが、三万人まで増えると、普通の主要言論雑誌と対等になっちゃうんだヨ。

だから、実際、これまで一年半ぐらいやってみて、実感として分かったのは、「いやこれは、厳しい」っていうことだ。閲覧者が、一〇〇〇人が二〇〇〇人になるって、大変なことだった。

みなさんにも分かる通り、土日になると、二〇〇〇名に減るんだよ。月曜日からまたバアッと増えて。一番多いときで、八〇〇〇人だ。だから、どうやら新聞記者とか内閣情報調査室とか、外務省の連中とかが見てるわけ。新聞記者だけで、何十人か見に来ている。簡単でしょ、最新情報をとるのが。私たちのサイトが、内容では、日本で最先端だったりするんだから。だから、ああいうプロたちが見に来てる。あとは、私の敵たちが見に来てる。おそらく三割は敵だから、しょうがねえナア。（副島先生含め一同笑い）

三〇〇〇人というのはネ、無視できる数だから、まだ、そんなにネ、社会的影響力は無いんだ。だから、逆から言うと何書いてもいいんだよ。そういうもんだよ。私はそう思ってる。今は自主規制なんてやる段階じゃアねえんだ。だから、喧嘩になったり、名誉毀損の民事裁判になったりの、なんだかんだっていうのが、将来あってもいいわけ。私はそんなこと何とも思ってない。もっともっとネ、真実と事実の力で、みんなを惹《ひ》きつけるようなことやらないといけない、と思ってる。

私の名前さえ知らないし、「ふくしま」としか読めない人が、政治言論ものの読者の中にもまだいっぱいいる。大半の人は、本なんか読まないんだ。むずかしめの単行本を恒常的に読む人間が、社会全体の何％だろう？　本屋に入って雑誌以外の本を読んだり、買ったりする人が、国民の数％だろうから、そのうちのさらに一％の、さらに一％の、一〇万人ぐらいが、私の本の潜在的な読者だ。

「属国」は副島ブランドである

（「植民地」ではなく「属国」という言葉が、世間で使われはじめたとの指摘あり。知り合いの営業の人が、「日本はアメリカの属国」ということばを使っており、どこでその言葉を聞いたかというと、「分からない」と答えたとのこと）

副島 そうですか。私はネ、今でも業界で喧嘩になっちゃうんだろうけど、「属国《ぞっこく》」というのは副島ブランドだっていうのを絶対に確立しようって思ってるんだ。石原慎太郎も使ったとか、何とかとか言うけども、石原慎太郎は、松下電器と同じで「マネシタ電器」だ。私、副島隆彦は、中小企業の電機会社と同じようなものだ。せっかく自力で開発した特許や技術を、大企業のマネシタ電器に泥棒されてたまるかっ、ていうことなんだよ。

私は、まだこのことは、どこにも書いていませんか。確か、一回だけ、ある雑誌に、「私のマネシタだろ」って書いた記憶がある。「マネシタ電器」に盗られてたまるかと。

でも「属国」っておまえが造った言葉じゃないだろう、って言う反論もあったけども、やっぱりね、自分で勝ち取らなきゃだめだ。「属国という言葉を政治用語として勝手に使うのは絶対許さない」って。そうすると、だんだんコウ伝わるんだ。向こうにネ、子分どもにも。出版社の編集者とか、新聞記者どもにも。

（「でも、極左セクトの新聞とかが、『日本は米帝の傀儡《かいらい》か属国か植民地か』って特集したりしていますよね。『傀儡』だとそのまま極左用語なんだけど、『属国』でいいんですか？ブランドにしづらいんじゃないんですか？」）

副島　マア、ああいう新左翼なんて、辺境の人たちだから、影響力ないから、マアいいサ。ほっときゃいいンだ。

（「すげえダブル・スタンダードじゃないですか、それ？」）

副島　いやア、そんなことはないよ。彼ら、新左翼、過激派の残党の人たちに対しても私の本の影響力は出ているんだ。彼らだって、今では、私の本に密かに敬意を払っているよ。私は、彼らのことはそれとなく知っているから、こういうことをはっきり言えるんだ。左翼とは何か、とその辺のことをもっと教えてあげてもいいんだけどね。また、そのうちにね。若い君らが疑問に思うことが一杯あるだろうが、それはそれでいいんだ。

やっぱり、言論の自主規制をやったらいかんナアと思ってる。いまでも、言論規制は一切やりたくない。差別用語だろうと何だろうと、どんどん使えばいいんだ、と思っている。

ファン・クラブや宗教団体には絶対しない

副島　どういう風に、君たちのような若い人たちが、私の書くものを分かってくれているのかなア、っていうことが、いつも気になる。私たちの学問道場サイトが、この先、ある程度組織化されてきたら、どういう性格付けがおのずとなされてゆくのだろうか、ということだ。

いま私が、すこし気にしているのは、私たちのサイトはネ、ファン倶楽部なのか、あるいは宗教団体（あるいは特定の思想団体）と同じようなものなのか、という問題。このことを、私は本気で考えている。ファン・クラブや宗教団体には、絶対にしないぞ、と決意している。

社会全体から見れば、いろんなサイトがあるうちの、ファン・クラブにしか過ぎないンだろうね。ほんとにそう。社会全体から見れば。

社会全体から見たら、ほんとにそれだけのことで、三流テレビ俳優や、プロ・スポーツ選手のファンたちが勝手につくったり、プロダクションが計画的な観客動員用に運営しているサイトと一緒なんだよね。規模からいっても。この問題を克服するには、私以外のもの書きが、私たちのサイトから何人も出てきて、「総合雑誌」のようになることなんだ。だから皆さんの考えの投稿、発表が沢山あって、皆さんが、もの書きとしての訓練をつむことが、大切なんです。

それから、宗教団体的なものになってはいけない、という問題がある。それを超えるための条件というのはまだ分からないネ。だから、ここの一人ひとりが伸びていって、表現力が生まれていって、いろんな人が出てきたらネ、それで、バラエティが出てきてくればいい。だから、少女マンガ家になりたい人とかが、ここに自分のマンガを連載するとか。好きなやつが写真いっぱい貼りつけるとか、好きなことをやればいいって思ってるンだけどネ。私自身がキー打ち込んで字を書くしか他に能が無いもんだから。ほんと、現状はどうにもならないんだ。だから、どんどん画像とか、貼ればいいんですよ。それだけの容量をプロバイダーから買っている。

だけど、私が「やっていいんだぞ」って言わないと、一〇回以上言わないと、「ああ、そうなんだ」と誰も思わない。画像でどんどんアップロードしていいんです。でも、みなさんはみなさんの横のつながりの関係で、自分はこれをやっていいんだろうかって、みんな思うんだろうね。人の家に上がり込んできて、勝手なことやっていいにも限度があるとかネ。

（「心配なときは、＊＊さんに一言相談してやっています。これはオーソライズしてるのかどうか知らないですけど、まあ、ええかア思って、怒られたら謝ろうと思ってやってましたンで……」）

副島 何やってもいいんだ。（副島先生含め一同笑い）

（舛添要一のホームページは、一日約一万人のアクセスがある事実の指摘あり）

副島 本人はあまり書いてないんでしょ？ でも、彼の影響力は相当なもんだよネ。

（小泉首相のメールマガジンは中身がないとの、意見あり）

副島　官邸のやつか。あれは、つまんないナ、だめだね。糸井重里《いといしげさと》が協力したんだって。

日本を豊かにしたのは理科系の技術屋

（サイトでの原稿のアップロードについてどれくらい時間をかけているのですか、との質問あり）

副島　本当はね、書かなきゃいけないし、書きたいなあと思っていることが、あと三〇〇本くらいある。ところが、時間が無くて、毎日、あっぷあっぷして書けないんだよ、書く暇がない。気合いが入らないと、書けないし。他の雑誌の原稿とかもある。

最初のころはネ、軽く本当に「今日のぼやき」そのもので、むだ口たたきながら、書いてたんだ。なんでもいいや、と思いながら。

でも最近は敷居が高くなったというか、自分自身で高くしちゃったんだろうなあ。やっぱり少しは影響力があるので、あんまり馬鹿なことは書けないな、みたいな……。（一同笑い）

やっぱり内心の自主規制みたいなのがあってね、私にも。だから逆に書けなくなってるけども、いったん書き出して、気合いがのって書き出すと、もう止まらなくなる。二時間から三時間かけて書いてるね。長くなると一〇時間とか書いている。

（やっぱり時間がかかりますね、との声あり）

副島 そうだね。私は、キーボードの操作が下手で、打ち込みが遅いから、間違いだらけだし。まだ、いまだにブラインド・タッチが出来ないンだから。（副島先生含め一同笑い）

もうその気もない。やると決めたら簡単なことなんだろうにね。出来ないんだ。なんていうのかネ。でも、ニューヨーク・タイムズのグローバリストの新聞記者たちだって、テレビの映像とかで、チラリと見たりすると、やっぱり、これでやってる奴がアメリカにもたくさんいるんですね。（と言って、副島先生、人差し指二本でキーボードを押すしぐさをする）

脳の思考速度と、字になる速度が一致してればいいワケ。だから必ずしも、コノ、パーッと速く打てればいいという問題じゃないんじゃないかな。だからといって、ブラインド・タッチが出来ないからいいっていうわけではないンだけどネエ……（一同笑い）

昔、ハンター・S・トンプソンという有名な左翼評論家の家に行ったときに、気づいたんだけど、彼も、人差し指二本打ちだったな。私は、一応、両手の指を、八本ぐらい使って打っているけどね。何となくキーを見ながらだけど。

（サイトで「朝から書きはじめて夕方になりました」という文章がありましたよね、という指摘あり）

副島 あったネェ。それは去年の話で、去年までは、自分が書いた文章を自分で本当に、アップロードできるンだろうかとずっと不安だったよ。（一同笑い）

パッと消えたことが何回かあってネ。せっかく書いた文章が、全く消えてなくなったことが何回かあるんだ。消えちゃったンだから。真っ青だよ。もう同じ文の書き直しは、出来ないんだ。

最近はネ、なんとなく信頼関係ができてて、自分とPCの間に。文科系の人間だから、機械が怖いんだ。

今でも怖いねえ。理科系のやつは、うまくいかないなら、「この機械の野郎」とか言って、農民が、自分の馬を蹴飛ばすみたいに、ガンとぶん殴りながらやる感じがあるよね。こうやっても駄目だったら、こっちの方から行けばいいってわかるんでしょ？　技術屋系は。僕らは、字を書くしかできないんだから。哀れなもんですよ。お願いですから消えないで下さい、と。でも、政治思想とかを扱わせたら、私は、自分の馬を蹴飛ばす感じで、どうにでも扱えるからなあ。

最近は、PCの使い方も慣れた。でも、やっぱり、こないだ、ソニーのVAIOがぶっ壊れたときはあせったネエ。モウ、全く動かないンだから。

（「理系の人間はすばらしい」と評価するのはステレオタイプには言えない。理系の人間でも、非論理的なバカな人間もいる、との反論あり）

副島　まあネ、でも……。まア、理科系は頭がいいよ。でも、結局は、文科系に支配されてンだから、やっぱり理科系ってバカなのかナア？　結局。（副島先生含め一同笑い）

自分の技術の世界に、埋没するから、やっぱり文科系にやられちゃうんだろうねえ。理科系は、「人間関係」というのが、一生分からない人たちでしょう。それから、歴史年表というのを覚えられないらしい。人間世界のことがからきし分からない。法則性がないから困るみたいだ。それも善し悪しで、だから、副島隆彦の真実の歴史学に惹かれて、はっ、と眼を開かされる人は、最近、理科系の人が多いんだ。やっぱり、理科系の技術屋が日本の国を豊かにしたンだろ？　どう考えてもそうだよね。

純度一〇〇％の政治人間

（どうして、「ゆとり教育」を行政サイドが推進しているのか？　左派の人たちは確かにそうは主張しているが、との質問あり）

副島　いや、それは簡単で、厚労省の問題。文科省じゃないンだ。日本は、世界各国にくらべて労働時間が長いって主張が根拠としてあるんだネ。年間労働時間で、一二〇〇時間とか一四〇〇時間とかだ。減らせ減らせって厚生労働官僚たちは思ってるワケ。そうしないと、日本の工業生産力が高すぎるから、それで、世界の貿易秩序を乱している、と欧米も考えるらしい。だから外圧もあるんだろう。厚生労働省は、過労死をする人間を救え、と言うんじゃないの。児童や生徒についても、詰め込み教育が過ぎると思っているワケ。で、現場の教員たちっていうのはネ、とにかく忙しいンだよ。何が忙しいかっていうと、文部科学省で決めている提出書類書きで忙しい。

それと会議と。教師をもっとラクにさせてやれえ、という理屈で授業がどんどん減っていっている。

で、この考えを最後まで推し進めたら、塾で勉強しろ、となる。学校では勉強しなくていい、っていうところまで行くよ。特に公立学校は、年間のスケジュールで行事をこなすだけで、モウ、疲れ果ててんだって。ずっと、一年中なんだかんだ、あるでしょう? だから勉強なんか教える暇がない、っていうのが小学校・中学校・高校の現実らしいよ。

＊＊君が言ってたな。「副島先生が特殊なんで、副島先生の更に先生たちは、お会いしてみると、みんな、温厚で、まともで、上品な学者さんらしいよネエ」って。そンな言い方するだよ、私に面と向かって（副島先生含め一同笑い）。よく、そういうことを私に平気で言えるね。

確かに、私の先生たちは、大人しくて、あんまり他の人を攻撃したりなさらないんだ。自分自身は、学界や言論界で、あんなに苛《いじ》められて、冷や飯を食われ続けたのに。その張本人の連中とも、喧嘩しないもんなあ。いかにも学者さんだ。だけど、私は、根本のところが、学者じゃないから。根っこが政治活動家なんだよ。純度一〇〇％の政治的人間なんだ。生まれながらの戦略家だからな。

そりゃあ、これでいいのかどうか、今書いていることでいいのかと言ったらネ、よく分からない。この分析でいいのかどうかって言ったら。それを私が自分で、「あっ、間違った」と思う時が来るかもしれない。みなさんの方が早く、先に気づくかも知れない。
まだ、相手の言うことも聞こう聞こうとしながら、書いてるからネ。個人攻撃ってほどじゃないでしょ? 人格攻撃やっているわけじゃないンだから。私は人格攻撃をしたことは一回もないよ。その人の言論が果たしている役割という部分に対してだけ激しく攻撃しているのであって、その人の人格とか、人柄のことは何も言っていない。そんなことには私は全く関心が無い。

人間の「正義」には二種類がある

(産経新聞社の雑誌『正論』二〇〇一年九月号の片岡鉄哉氏論文「話題の書『真珠湾の真実』の真相」について、副島先生の意見を求める声あり)

副島 あれは。あの片岡先生の論文は、すごかったナア。『真珠湾の真実』の著者のロバート・スティネットが書いて論証したことが、果たしてどこまで真実か、ということじゃないんだ。私は、大きくは、スティネットの言う、「F・ルーズベルトたちは、はじめから知っていて日本人に、先に手を出させるように仕向けるために、真珠湾攻撃をやらせたのだ」という説に賛成だ。スティネットというのは正直な人だと思う。連合艦隊は、無線封止《むせんふうし》(電波管制)などしていなかった。それらの通信が、どれほど米軍側に無線傍受されて、その暗号も解読されていたのか、ということだ。

それでもあそこまで日本軍の奇襲（向こうからすれば、汚い不意打ち《スニーキイ・アタック》）が激しいものだとは、予想しなかったようだ。真珠湾の入り口に並べておいた、老朽艦を何隻か撃沈されるぐらいのものだろう、と日本軍をまんまとおびき出したルーズベルトたちの方は、想定していたんだ。そのために、わざと老朽艦を湾の入り口の方に置いてあったんだ。

そのことよりも、私はあの片岡論文の中の「正義とは何か」を書いた箇所があっただろう。あそこに惹かれたね。あそこが重要なんだ。あれは、私たち学問道場を説得してンだよナア？　私は、そう思うよ。私らのサイトでの議論を読んでいたんじゃないのかな。あの問題では、片岡先生は、私たち学問道場を説得してンだよ。私は、それに対する返事を片岡先生に書こうと思ってたンだけど、なかなか時間が無くてね。

あそこでは、片岡先生は、正義にも二種類の正義があって、と非常にレベルの高いことを書いておられた。日本のちょっとしたインテリ程度では、あの議論を理解することは、無理。ほとんどの有名言論人どもでも無理だろう。日本の保守言論人たちというのは、世界基準を勉強してないのばっかりだから。まじめな政治学の大学教授たちなら、分かるだろう、と言ってもね、ほんとに何十人いるんだろうか、そういう人は、この国に。

アメリカの大学できちんと、英語で授業を受けることができて、それで、ポリティカル・フィロソフィーの初歩のレベルを、大枠を理解できる人から上しか、この議論には、ついてゆけないんだ。それほど高度で重要なことを、あそこでは先生はサラリと書いていたな。

一番簡単に言えばだね。キリスト教思想が持っている、倫理的な善悪判断に基づく正義観というのが在る。それに対して、「戦いに勝った方が、正義だ」「力が正義だ」「強いほうが正義なんだ」という正義観の系譜がある、と書いているんだ。人間（人類）の正義（観）には、大きくはこの二種類の正義がある、と言っているんだ。こういうことをサラリと書ける人から上が、日本でも、最高級の知識人だ。そう何十人もいないんだ。小室直樹先生もこの「二種類の正義論」をよくやるね。

正義にも、こういうふうに二種類あってね。二つ目の正義は、「勝てば官軍」で、敵を皆殺しにしてしまえば、それが正義なんだ。確かにそうなんだ。だから、よく、こういうふうに小室先生が書いてるだろ。「国際紛争を解決する最も合理的な方法は、それは、戦争だ」って。（一同笑い）

強者の正義論が、アリステレスの系譜の正義論である。これを「分配的正義」と言うんだ〔これが、ラチオ、レイシオ ratio のことだ。ここでは、「神（ゼウス）のものは、神に。シーザー（皇帝）のものは、皇帝に」と言ったという、イエス・キリストの重要な「聖俗二分の思想」のことは言及しない。副島隆彦注記〕

それに対して、キリスト教は、迫害されて虐《しいた》げられた長い経験の中から生まれているから、「いじめられる側の、弱者の立場が、正義だ」という考えを唱えたんだろうなあ。それを「救済される魂」とか「イエス様は、みんなのために、身代わりになって磔《はりつけ》にされたんだ」とか言うんだろうね。このように、正義（論）にも大きくは二種類あってな。

アメリカの手先雑誌をたたきつぶす

（副島先生、文藝春秋の雑誌『諸君！』二〇〇一年七月号の片岡鉄哉氏論文「大臣の職を辞しなさい！」についても触れ、質問者の方に体の向きを変えて）

副島　片岡鉄哉先生はね。あの人も、まだ半分ネ、日本の政治のことが分かっていないんだ。その意味では、私の方が分かっているよ。先生は、アメリカ生活が長いしね、アメリカから見た日本、みたいな感じだな。だから、私ほどは片岡さんも分かってない。彼も騙されてるよナ。この場面では、彼は手先たちに取り込まれてるね。学者さんで、温厚で、実直だから、私みたいにガラ悪くないけどネ（一同笑い）。

あそこでは、「論理を積み上げる」としきりに言いながら、ところが、最後の最後の部分で、「日本はアメリカにつかなきゃいけない」って書いてあっただろ（強い口調）。あれは論理矛盾だ。田中角栄が日本の国益を守ったことや眞紀子擁護論をずーっと書いてきて、それで最後の最後だけ、「だが、アメリカ以外に、日本が頼れる国ってあるだろうか」って最後の三行で書いてるだろ？　少しも論理が積み上がってないんだ、それまでに書いたことと全く逆だった。

眞紀子は偉い、田中角栄がアメリカの謀略で失脚させられたのは分かる。ところが、最後の一〇行ぐらいで、突然、眞紀子大臣への手紙を書いて、「日米関係のためにお辞め下さい」とか、むちゃくちゃだ、最後は。論理の積み上げになってないんだ。

これはネエ、仙頭寿顕《せんとうとしあき》という、『諸君!』の副編集長に騙されて書いたからなんだ。片岡先生があれを書いてるときに、＊＊君が片岡先生の横でひっくり返って寝てたンだってサ。（一同笑い）

編集部から、原稿の催促の電話がかかってきて、「これはこれは。はい、もうすぐ書き上げます」ってえらい丁重だったたって。片岡さんでも、言論雑誌にネ、巻頭で名前付きで書かしてもらいたいんじゃないの。私はモウ、腹くくってる。愛国保守の振りだけして、真実はアメリカの手先をずっとやってきたゴロ雑誌だ。たたきつぶしてやる。（一同笑い）

「副島だ、やばい」と逃げ出す記者・編集者たち

（＊＊さんが、ここでアメリカのマニフェスト・デスティニィ Manifest Destiny の説明をする。「西部開拓は神の予定する、アメリカ人に与えられた使命なのだという考え方。それが、フロンティアを求めて西へ西へと向かっていく根拠となった。現在は、太平洋を舞台にグアムやハワイを自国に取り込んでいて、日本もその流れの中に飲み込まれつつある

のではないか」との観測）

副島　その通り、マニフェスト・デスティニィというのは、本当にあるんだ。「東アジアまで、中国まで、全部、アメリカのものにして、キリスト教圏に作り変えて。アメリカ白人がそこまで拡大してゆく。それは、自分たちに課された明白な運命なのだ」と彼らは考えている。

だから、ハワイ、フィリピン、台湾、そしてその次が日本だよ。アメリカは次々に取って行った。アメリカ人は本心ではそう思ってるよ。ハワイ取って、フィリピン取って、台湾取って、日本を取る。韓国もだ。はっきりしている。言わないだけ。で、中国まで行くんだ。ただし、日本占領してネ、洗脳したつもりが、どうも完全には言うことを聞かない。「なかなか、自分たちに、へつらわないなあ」と思っているんだ。

日本の保守言論人が一番いけないのよ。あいつらは、アメリカのアの字も言わないもん、絶対言わない。あれがよくないんだ。やっぱり、彼らは間違ってると私は思うよ。

朝日新聞はネ、ずっとソヴィエト・ロシア寄りに思われているけど、そうじゃない。本当の本当は、敗戦後のアメリカが育てたニューディーラー左翼（ロックフェラー型共産主義思想）なんだ。だから、私は、そろそろ朝日新聞とも一緒にやろうかなって気になってしまうンだよ。（一同爆笑）

こないだ、さるパーティで『論座』の副編集長の村山っていう人が、パーティの二次会の席で私の方に寄ってきてネ。村山、という差し出した名刺の名前から、もしかしたら、朝日新聞の社主（オーナー）の村山家の一族の若い人かもね。私は、そういうことはすぐに、ピンと来るんだ。この人が、「私、副島さんの本、六冊読んでます」って言った。雑誌というのは、だいたい副編集長がつくっているんだ。編集長というのは、資金繰りの心配とか、社内の人間関係とか、編集部人事とかそういうことばっかりやってるんだ。で、私が、「それにしちゃあ、私に、一行も書かせないね」と言ったんだよ。（副島先生含め一同笑い）

そうしたら、「いえいえ、どうも。でもあなたのリバータリアニズム理解に対して私は異論がある」とか、言いやがった。それでね、私は、「へえ。君、よく勉強しているねえ。リバータリアニズムってことば、知ってるだけでも、偉い。誰から教わったの？」って言ってやった。（副島先生含め一同爆笑）

理解が違うとか、異論があるって言う。あればあるでいいじゃないか、そのコトバを、知ってるだけでも偉い。「だからなんなんだ」って言ったら、向こうの方から、講談社の役員になった鷲尾賢也というのが、「おまえ、行くな行くな。副島に洗脳されるぞ」って言って止めようとするんだ。（一同笑い）

鷲尾とも、おもしろい話をしたなあ。鷲尾が、講談社現代新書とか、ブルーバックスとかの編集長を長いことやっていたんだって。彼の財産と言ってもいいんだそうだ。それで、今は、その新書部門を立て直すために担当役員で戻ってきてるんだって。
その前に、六人、ＰＨＰの中沢っていう、リチャード・クーの本とか、石原の本とか作っている若い人がいるんだ。ＰＨＰの中でもエリートなんだ。この日のパーティの主催者が言うには、「副島さんが来るって聞いたから、中沢らＰＨＰの六人、みんな帰っちゃったよ」だってさ。（副島先生笑い）
イヤ、これ冗談抜きで。私とＰＨＰは今のところはこういう関係なんだ。別にケンカしているわけではないんだけど。私のことをイヤなんだろうね。中央公論の人とかもネ。みんな知ってるんだ。あ、副島だって。やばい。逃げよう、って。
とにかく副島隆彦には、書かせない方針だ。よっぽど、私のことがいやなんだろうね。だから、〝無冠の帝王〟だからね。日本全体の評価では私の名前なんて何も無い。
でも出版業界の人間たちの間では私のことを知らない人間はいない。みんな、密かに読んでるからね、私の本を。馬鹿じゃなければ。馬鹿も多いから、読んでも分からないから、私の悪口を言って回るのも居るけど。それでも、私の書いてることが、ズシンと胸（頭）に堪《こた》えれば、顔がひきつる。だから、出版業者たちやら編集者たちがいっぱい集まるパーティでは、なぜか私が一番威張ってるンだ。こうやって今みたいに。（一同爆笑）
みんな私の本のことは知ってるわけだから。ただ、ファッション雑誌とかの編集をやっている、パーな編集者のネエちゃんとかネ、本なんか読まないから。「ナニこの人、いや

なやつ」みたいな顔する。（一同爆笑）

どうしようもないもんなあ、私の顔じゃ、ファッション雑誌は無理だ。

碩学を追い出した狭量な学界

（「今までのお話で、片岡先生と副島先生との意見の対立は、だいたい分かったンですけど……」）

副島 いや、片岡さんとも対立してるんじゃないンだ。ただ、もうちょっと現在の日本の政治状況について話しをしたいなあと思ってる。別に、対立ってほどじゃないンだ。私の方が、日本の政治の実態は知っているだろうからなあ。

（「岡田英弘先生と副島先生とでは、見方が違うところというのは日本文明ということばを使うか使わないかぐらいしか思いつかないのですけど」との質問あり）

副島 そうか。岡田先生はネェ、昨年、軽い脳卒中で倒れて、リハビリやってたんだよ。一生懸命記憶を戻しながら、筆を持つ訓練をしながら文章を書いておられたよ。少し前に、研究室にお邪魔したら。偉いンだよ。宮脇淳子さんていう奥さんがおられてネ、私と同じ歳なんだけど。先生の一番弟子であり、アルタイック・スタディーズ（世界アルタイ学会）の日本の代表の立場を守っておられる。この奥さんの介護でお元気になられた。それでものすごい勢いで本を書いてる。最近、岡田先生の本が何冊も続けて出てるでしょ。偉い先生だ。しかし現実の政治についてあれこれ言う人じゃない。世界基準で勉強してるから偉いンだ。

（「日本文明ていう言い方が成立するとしたら、イギリス文明とかフランス文明ていうのも「あり」ということになってしまう、それはおかしい、そういうことですよネ？」）

副島 そうそう、そういうことだ。で、私は、四年ぐらい前に、「岡田先生。先生は、やっぱりナショナリストですか」って聞いたことがあるんだ、ズバリと。そうしたら、「ウーン」て顔してたもんネ。結局、彼も分からないいんじゃないかなあ、自分のことは。自分は何者だ、ってことが。

これが、知識人の永遠のテーマでね、それでは、自分は何者なのか、が分からなくなるんだ。岡田さんは、ドイツ人の先生とかイギリス人の先生に習ってるからね。二〇歳代でさっさと外国に出て、留学してる期間が長いンだ。だから日本が偉いとかすばらしい、なんていう発想がないンだよ。それが岡田さんのすごさでね。

しかし、帰ってきたらただの日本でしょ。「岡田のとこに行って学んだら日本じゃ東洋学者にはなれないぞ」って言われてる。若い連中は脅されるらしい。東大の東洋学、中国学も、京大系も。（一同、驚愕）

だから東京外語大の中にひとりポツーンとおられた。アジア・アフリカ文化研究所の教授だ。カルチュラル・スタディーズ（cultural studies 諸民族の文化研究）としての研究所に所属してたんだ。「岡田のところに行ったらおしまい（お終い）だぞ。学者にはなれないぞ」と。学者の世界って、そういう狭量な世界なんだ。凡庸な学者たちが、碩学《せきがく》を押しつぶすんだ。大きな世界規模の真実を明らかにする研究をする者たちの邪魔をするんだ。

小室直樹先生に対してもそうだよ。「きちがい小室」って言われてまったく相手にされなかった。

CIAのエージェント、立花隆と文藝春秋

（岡田先生がそういう扱いを受けてしまった原因・理由は何ですか、との質問あり）

副島　岡田さんっていう人は、元々、生来といっていいと思うけど、まったく左にずれてない人でね。保守っていえば保守だけど、学問的保守だ。昔、日本文化会議というのがあってね。いまでも文藝春秋の中に事務所があるかも。ほんとに保守学者だけの集まりで、どこからお金が出てるのか知らないけど、一応本物の保守。一回も左になったことない人たちの集まり。〔でも、どうやら、アメリカの反共団体からの資金が出ていたようだ。外交官の加瀬俊一《かせとしかず》の系統の団体だ。CIAの対日工作用の下部組織だろう。今から考えれば。副島隆彦注記〕

敗戦後は、日本の知識人層は、九八％は左だったんだからネ。理科系も入れてだよ。岡田さんはその頃から本物の保守だった。

ところが、岡田さんは、「嵐の中の台湾」という論文を書いた。これは台湾独立論だっ

たんだ。それを、こともあろうに、一九七一年に書いたんだ。確か。それを『諸君!』に書いたンだ。そのときの編集長が田中健吾《たなかけんご》だ。みんなで勉強会をやっていたんだそうだ。ところが、時代は米中接近で、キッシンジャーの隠密外交に続いてニクソン訪中が実現した年だ。台湾独立論、というのはまずいわけ。当時の日本の親米保守派にとってさえも。

この田中健吾という人が、最近まで文春の会長で、田中角栄を謀略で追い落とした「田中金脈の研究」を出したときの文芸春秋の編集長だ。彼の子分の立花隆もCIAのエージェントだったんだって言われている。

だから、同じ研究会でずっとやってたのに、「岡田はあぶないから使うな」と、そのとき以来、岡田英弘は保守言論界からさえ追放処分にされた。たまには書かせるんだけど、枠からはずされた。こういうふうに、枠からはずれた先生たちだけが、私の先生だ。(一同笑い)

日本史の大きな真実を書いた『日本史の誕生』(弓立社《ゆだちしゃ》刊)は今でもすごい本だ。

(**さんに向かって)

副島 片岡先生のところには君も一緒に行ったよね。うなぎの寝床のようなマンションに住んでたよね。

(「結構、こぎれいだったじゃないですか?」)

副島 こぎれいねえ、ウーン。

（「さっきのネ「片岡派 対 副島派」っていう考え方の違いなんですけども」）

副島 コラ、そういうところを強調するんじゃない。（一同爆笑）

（＊＊さんが、自分の意見を述べる。片岡先生の眼目は、「アメリカは四分五裂しているから、分裂している個別の勢力にうまく対応して、したたかに日米同盟を優先させていけばいい」という考え。ただし小室直樹、片岡鉄哉、副島隆彦のような人物が日本政府に重用されていることが、前提条件。この条件が満たされていない現状においては、中国とも組め、という副島先生の主張が妥当性を持ってくる）

副島 私は思うけど、彼がいま言った通りで、私がどう言おうが、君らは君らの判断だから。君らの判断の方がある意味で冷酷だよ。なぜなら第三者だから。私は自民党の政治家たちにも、呼ばれるようになって、近寄りすぎると、「野中広務がんばれ」とか、妙なことを言い出すんだよ。変なやつなんだな、自分で言うのも何だが。（一同笑う）

人間てえのは、バイアスがかかってネ。ぎゅーっと、引力で引き込まれていくと、その時の自分は見えなくなる。

ですから、よーく私の動きを見てて、君たちは冷静に判断した方がいいですよ。まア、だからといって、私の今の個々の判断がそんなに、甘いわけはない。未熟なわけはないンで、相当に自信持ってる。まあ、大丈夫だろうっていう。

保守言論人たちは「からくりぎえもん」である

（森田実《もりたみのる》氏の人物評価について質問あり）

副島　彼は、民主党の御意見番です。森田さんは、六〇年安保の時のブント（学生過激派の元祖の、共産主義者同盟のこと）の国際部長で、当時から日米関係の裏側の秘密を知ってる人だよ。自分たちが、ソヴィエトにではなくて、アメリカに操られたのだ、ということもよーく分かっている人なんだと思う。だから彼は、自民党のハト派の政治家たちだけでなく、アメリカのグローバリストの手先を長年やってきた中曽根康弘系の人たちともつながりながら、日本の国益をずっと考えつづけた態度の取り方で間違わなかった人だ。だから私は好きなンだ。（一同笑い）

彼はなかなか鋭くて、言論が堂に入っててテレビにも立派な和服着て出てきて、割とコウ、よく当たるよね。鋭いこと言うだろ？　自分の努力で生き延びたんだよ。テレビ局からの信頼があるんだろうね。ただ、森田実さんの情報源は何か、までは分からない。何かあるんだろうな。今ははっきりと民主党支持です、民主党のブレーンだと思う。

（大森実《おおもりみのる》氏の人物評価について質問あり）

副島　彼は、今も、西海岸のサンフランシスコの南の方の、ラグナビーチ（Laguna Beach）という高級リゾート地に今も住んで、隠居生活をしているんじゃないのかな。彼も、脅されたり脅迫されたりして日本を逃げ出したようなものらしい。詳しくは知らないけど。

ご本人もネ、一時代いい思いをしたンですよ、毎日新聞の論説委員あがりで。ひと財産築いたかどうか知らないけども、まア、生活には困らないくらいは稼いだんじゃないですか。私のアメリカ研究本が出てくるまでは、大森実たちのアメリカ研究で、この国はもってたンだ。彼はジャーナリストで、政治評論しか書かない。学者性は無い。ラグーナ・ビーチのお宅が大きな山火事の類焼で焼けた、と聞いたのが、もう何年前だろうか。

(中川八洋《なかがわやつひろ》氏の人物評価について質問あり)

副島 中川八洋も谷沢永一と一緒で、変なやつだ、と私でも思う。CIAの受け皿みたいな人なんじゃないの。アメリカの研究所に若い頃から行っている。同じ筑波大の教授を裁判所に訴えたりするンだって。しかも、何人も訴えてるんだって。学部長を訴えたりとか、おかしな奴なンだろうね。気持ちは何となく分かるけど。

(中川八洋氏が「旧日本陸軍の中に共産主義者が沢山いた」との記述をしていることについて、どのように評価すべきか、の質問あり)

副島 ああいう人は、思い込んだら最後、何でも書くサ。そんなことは事実だろうけども、だから何なのよっていう感じだよネ。戦前のあの時代は、頭のいい、正義感の強い人間は大抵、左翼になったんだ。そういう時代だったんだ。今だって、自衛隊に創価学会や共産党がいっぱい入り込んでるのと、同じことじゃないか。だからって自衛隊がどうにかなら

ないでしょ。その程度のことだよ。一〇〇〇人や二〇〇〇人はいるさ。当たり前じゃないか、そんなこと。（一同笑い）

　創価学会員だったら、一割ぐらいいるんじゃないかな。いや、二割いるかもよ。だから何だってことだ。戦前の日本の官僚や財界人の中の左翼（隠れ共産主義者）たちというのは、ＩＰＲ《アイピーアール》（太平洋問題調査会）につながっていたんだ。リヒャルト・ゾルゲ、尾崎秀実《ほつみ》やオーウェン・ラティモアもＩＰＲだ。この国際共産主義運動の理想家たちの、本当の黒幕は実はデイヴィッド・ロックフェラーだったんだ。

　私は、中川の、エドマンド・バークがどうのこうの、という保守主義の研究なんか、読む気にもならない。彼と論争することになったら読むけどね。日本知識人は、西欧の思想を、自分勝手なバイアスをかけないで、すなおにきちんと、簡潔に全体像として、日本国内に導入、輸入すればいいんだ。それを、全体の対立構造が分からないで、自分勝手な思い込みで書きなぐるやつが多くて、困る。

　お前たちは、自分の勝手な思い込みで書いてるだけじゃないか、副島隆彦はきちんと、全体像として書いたぞ。私の理解がおかしいというのなら、どこからでも掛かって来い。彼らが書いているアメリカ理解、西欧理解を、私が全部、無効にした、と思っているんだ。ところが私、副島隆彦のアメリカ研究本を読む人たちは、自分なりの傍証と確証がどうしても欲しいので、私以外の、彼らの本を読むのだろう。私にしてみれば、「そういう理解は、一〇〇年前で停まったままの、ポンコツの欧米理解じゃないんですか」ということだ。
私が必死でやっていることも、幕末に、国内でやった平賀源内のエレキテル（電気）の実験みたいなもんだろうなあ。平賀源内は、ちゃんと向こう（オランダ）からの知識と情報を入手して文献に当たりながらやってるンだよネ。当時の欧米のぜんまい式の近代精密時計に比べれば、今の日本の保守派言論人たちというのは、手品の仕掛けの、「からくりぎえもん」みたいなもんだヨ。あそこまでは日本人でもできるンだよナ？　からくりのギヤをたくさん組み合わせて。でも、ビリビリ来て、火花が散るエレキテルは、長崎の出島からこっそり持ってこなきゃ駄目だろ？（一同笑い）
（副島先生と中川八洋氏との両方に書かせる産経新聞は、ものごとを分かっているのか、との質問あり）
副島　今では中川にも書かせないし、私にも書かせないよ。

「私には人類の歴史が肌で分かってきた」

（ハイパー・インフレが来た時のために、どのように事前に対応すればよいか、との質問あり）
副島　ハイパー・インフレって言葉もネ、日本でも最近は当たり前のように使われるようになったけど、私が最初に使ったんだ。厳しいデフレ（不況）がこのあと、何年か続いて、その後だ。アメリカも日本も国債とお金（お札）を実質資産（実物資産）の裏付けなしに刷り散らかしてワーッと大量にばらまいている。だからハイパー・インフレになるんだ。どうせいつかなるんだ。

ハイパー・インフレというのは、お札（紙幣）が紙切れになってしまうことだ。ほんとは、年率一〇〇〇％ぐらいのものすごいインフレのことを言う。その国の通貨価値が、本当に、一気に一〇分の一になってしまうとか。そういうのをハイパー・インフレと言う。ブラジルとかトルコとか、アルゼンチンで起きた。ロシアでも一九九八年の七月に再度、起きている。文字通り、自国通貨が紙切れのようになる。日本の場合は、年率二〇〇％ぐらいでも立派に、ハイパー・インフレだよ。それはやがて起こるだろうナ。アメリカの圧力で変な円資金をコソコソたくさん作ってアメリカに大量に貢いでいるから。それで、どうやって自分の生活を守るか、つったって、庶民にはどうにもできない。資金運用の下手な奴はやっぱり損をする。資産が少しでもあるやつはデフレの今はなるべく現金の形で、じっと何もしないで握って持っていた方がいい。

しかしハイパー・インフレが襲いかかって来そうになったら、急いでモノに換えた方がいいわけだよ。実物資産（タンジブル・アセット）に。そらア、銅のかたまりでも、スズ（錫）のかたまりでも何でもいいから。土地でもいい。畑買うとか。激しいインフレーションになるときは、お金（お札）に価値が無くなるンだから物に代えるのが一番だ。自分で防衛するしかないんだよ。馬鹿でなけりゃあ、そこを考えるンだな。

インフレになる直前にネ、借金するとか。そうしたら、借金（銀行融資）の返済の実質的な負担は、減るわけだろ。デフレの時はやっぱり現金に価値があるから、自分で持ってるお金が一番強いンだ。今はお札に価値があるだろ。その反対で、インフレの時は紙切れになっていくからネ。

人類の歴史とは何だったかを、私はもう五〇年近くも生きてるとだんだん分かってきたよ。やがて襲ってくる激しいインフレとはどんなもので、この二〇年間のデフレ（不況）とは、一体どんなものだったかを肌で分かるようなった。

お金で買っている日本の安全保障

（副島先生の考え方は、「中国との関係が絶対に大切で、アメリカには、とにかく対抗していくべき」という考えに思える。そこに違和感がある、との意見あり）

副島 うーん。言いたいことは分かるけどネ。ま、簡単に言うと、国は独立していればいいんですよ。アメリカの言うことも中国の言うことも聞く必要はない。頭下げる必要もないし、土下座する必要もない。ところが現実には、日本は、歴史的にこの二つの大国の属国をやっている。だからもうちょっとは強く出ろって私は言っているんだ。どっちに対しても。それだけなんだよ。

アメリカに対しては、日本は現在の属国であり、中国に対しては、長い歴史の中で属国（朝貢国《ちょうこうこく》、冊封国《さくほうこく》、文化的な従属国）だった。だから、どうしても中国に頭が上がらなくなる人たちが沢山出てくるみたいだね、今も。どうしてだろうと、私の方が不思議に思う。あれだけ、戦前に中国進出（やっぱり侵略であった）したんだから、中国人も日本人の怖さや優秀さを知っていると思うから。そんなになめた態度は取れないと思う。アメリカの方が、盛んに、「将来は、日本は中国に飲み込まれる」というような脅《おど》しのレポートを書いて、日本に警告を発している。「自分（アメリカ）にずっとくっついていた方が身のためだぞ」と言いたいのだろう。

（中国へのODA《オウデイーエイ》は必要ですか、との質問あり）

副島 毎年ネ、どうやらだいたい二〇〇〇億円ぐらいを中国に払ってきたんだよ。形は借款《しやつかん》（政府間のローン）なんだけど実質的には投げ銭だ。対中国のODAを自粛せよと言われてかなり減らしたことになっている。しかし実態は、ほんのちょっと減っただけだろうな。ODA予算一兆円（この一兆円を、少しずつ削りつつある）のうちの五分の一は中国だ。今でもそうだろう。インドネシアが次に大きい。それとブラジル、この三つが大きいんだよ。合計でたったの一兆円でしょ？　それ以外に、特別会計とか財投の金も出てるから。加えて民間企業も出すから、まあ、その三、四倍の金が援助金で出ている。だから、毎年、やっぱり、おそらく四～五〇〇〇億は行ってンじゃないの、中国だけで。

ただね、ワーワーって親米保守の人たちが、「北朝鮮にコメが、一二五〇億円分。三〇万トン行った」って、わーって怒るけどさ。それで日本は、安全保障を買っている。国の安全をたったの一二五〇億円で買っているのだ。そう思えば安い金だっていう判断が政治家たちにある。私にもある。

　北朝鮮の飢えてる人たちに、コメが行く、というのは、私は、いいことだと思う。アメリカが、北朝鮮を「ならず者国家」ということで、制裁《サンクション》による経済封鎖。禁輸《エンバーゴー》、つまり兵《ひょう》糧《ろう》攻めにしている。危険な国だから、国際社会から閉じ込めてしまえ、とね。私は、「変なやつでも、あんまりいじめるなよ」という考えの人間だ。だから、アメリカの言うとおりには動かないほうがいい、と思っている。

　中国にはネ、そうやって、この二五年間で、合計六兆円のお金が日本から行ってンだよ。政府借款（ガバメント・ローン）だけでこれだけのお金が支援金として、中国政府に貸し付けられた。どうせ大半は戻ってこないンだけどね。現在の第四次借款までで、政府系の部分と、民間企業の分も合わせて六兆円行ってンだよ。一年間でだいたい二〇〇〇億円だ。つまり、国交回復からの二五年間で六兆円だろ。数字が合うんだ。だから、中国に対して、もっと強く出ていいじゃないか、ということになる。金を貸している方が人間関係においても強い、というのは分かるよね。借りている方が偉そうなことは言えないんだ。当たり前だ。

それなのに、「感謝する」とは言わず、「評価する」という国柄だ。中国人というのは、そういう中華思想を持っている人たちだ。ここは考えるべきところだ。もっと本当のことを言うとODA《オウディーエイ》（政府開発援助）で出た金は、日本の大企業が使って中国の各地にいろんな施設を建てるためのお金なんだ。だから捨て金ではなくて、本当は日本企業にとっての売り上げになっているんだ。もっと真実を書くと、国内の過剰在庫品の大安売りの〝ダンピング輸出〟なんだ。だからいいんだよ。

ではそれに対して、アメリカにはいくら払っているか？　日本から、毎年七兆円から八兆円も行ってるんだぞ。そしたら、釣り合いの問題があるだろう？　日本から、一体、これまでにアメリカにいくら所得移転（資金流出）していると思ってるんだ、という問題がある。日本の金が、むしられてアメリカに流れている、というのはみんなも肌で感じているんじゃないかな。専門家たちが口をつぐんで、しっかりと報告しないものだから、みんなの国民共通の知識にならないんだ。アメリカが怖いから、遠慮しているんだ。

私の金融・経済の本にいつも書くけど、米国債だけでも、日本の個人、政府、輸出大企業、民間の金融法人（証券、銀行、生保）の四者合わせたら、これまでに四兆ドル（五〇〇兆円）ぐらい買わされている。それが全て残高（アメリカへの融資金）になっている。それを円高やら、為替《かわせ》差損やらで、吹き飛ばされていつもむしられているんだ。可哀想な国民だ。日本国民は何も知らされていないんだ。この一番、大きな重要なことを何も知らされていない。

だから、日本の政治家たちの一番上の方は、「うわー、またアメリカにやられちゃった」って分かってるワケ。アメリカは日本を守ってやっている。この安全保障の分をネ、金払えって言うんだから。しょうがねえなアって、払ってる。そうすっと、中国の六兆円なんていうのはネエ、比較相対的にものすごく安い金なんだよ。アメリカ様《さま》への五〇〇兆円に比べたら。私は徹底的に暴露しようと思うけどね、お金で言えばそういうことだ。これまでに一体いくらアメリカにネ、ふんだくられてると思ってンだ、と。

アメリカべったり保守派の連中が駄目なのは、こういう真実から顔を背《そむ》けてアメリカの言いなりになるからだ。だから＊＊君が書いた通りだ。あれが一番簡単な結論だ。モンゴル（元《げん》の帝国）に制圧された旧高麗《こうらい》軍と、旧南宋《なんそう》軍を、日本侵略用にフビライ汗《かん》は使っただろ。それで台風（日本から見れば神風）に遭って海の藻屑になってしまった。それでも何ともないわけだ。高麗や南宋の軍隊なんて全滅してくれたほうが元《げん》にとってはありがたい。属国の運命なんて、あれと一緒さ。一三世紀の元寇《げんこう》の構造とね。金を五兆円出させるか、それとも五〇〇人の日本の兵隊をイラクに出させるか。そういう選択の問題だ。

だから、西尾幹二なんかでも、この人は手先じゃなくて本当の愛国派だけど。岡崎久彦や中西輝政のように直接つながっていないンだけど、それでもアメリカのことをひとっことも悪く書かないだろ。書けない、書かない、書く気がない。中国と韓国の悪口ばっかり書く。あんな下品な、信用ならない連中に文句言われたくないとばかり言う。それではアメリカに対してはどうするんだって言ったら、何にも言わないんだ。黙っている。

日本は戦争でぼろ負けに負けて、皆殺しに遭いかけて、それで土下座して、命乞いして、敗戦後ここまでやってきた。そしてこれほどに日本はアメリカに、お金を貢いできた。一九九七年からのアジア金融危機でさらにひどい目に遭った。それでもまだ一言も言い返さないのか、というのが私の立場だ。で、＊＊君は（と言いながら、＊＊さんの方に体の向きを変えて）、片岡鉄哉さんに近いから、「日本はベッタリ、アメリカにくっつけ」という説ナノかな？（一同爆笑）。

私はそんなことねえって思うけど。

（「先生のお考えを整理していいですか？ さっき、アメリカの言うことも聞く必要ない、中国・韓国の言うことも聞く必要ない、って言うんだけれども、でも、アメリカへの所得《しょとく》移転《いてん》で安全保障を買えるからいいんだ、っていうんですよね。これって矛盾してませんか？」）

副島 いやいや、お金で解決すべき問題なんだよ、最後は経済法則。全てはお金だ。お金じゃない、とか言うからおかしくなるンであって。お金で解決するんだ。

（「カツアゲされるお金のような……」）

副島 カツアゲでもなんでもいいから。カツアゲされることによって、殴られなくてすむならば、やっぱりそれが平和というものだよ。平和というのをそんなキレイ事でとらえちゃいけないンだよ。平和（ピース）の一番しっかりした定義はね、「戦争をしていない状態」のことなんだ。戦争停止状態のことなんだ。平和がすばらしい、とか何とか言うのはこの冷酷な定義の上で甘えているんだ。大人《おとな》の世界は全てお金で解決するんだ。国際政治や政治問題を高級そうな知識やキレイ事で考えないことが大切なんだ。

政治とは「自分が生き延びる智恵」

（対中関係と対米関係とを金銭問題に還元して比較するという、今おっしゃったお話はいつごろ発表されたのですか、との質問あり）

副島　いあア、ずっと書いてきたけどネエ。これまでもずっと書いてきたけど。はっきり書いてないのかナア？　書いてるつもりだけどね。モゴモゴしちゃって、周りが理解してくれないのかナア。

（「公式の、政府がオモテで発表している公共（政府部門）と民間の大きなバランスシートがあるわけじゃない。だから、外国にお金をいくら払ってるかははっきりしない。伝聞情報でだいたい推定で、いくらってまとめあげるだけで、はっきりしたことは書けない。それが理由では？」）

副島　そうだね、その通りだ。私の主張も、概算での数字の金額だ。真実の金額はごく一部のトップの人たちしか知らない。今日の電通主催の京都会議の参加者たちも、みんなアメリカのせいで日本はこんなに貧乏になった、と私がしゃべっても、絶対に受け付けない。「イヤ、国内の矛盾であって、日本人が勝手に政策を間違ったり、やり方がまずいからこうなってる」と言う。彼らは言論人のくせにアメリカのアの字も、絶対言わない。怖いンだよ。このことははっきりしている。

　だから、どうしても分かりたくない人間に分からせるというのは大変なことなんだよ（一同笑い）、ほんとに。「政治問題と経済問題は別だ」と普通は考えるらしいね。そんなもの、一緒じゃないか。両方まとめて大きく考えるべきだ、と私は主張してきた。「政治と経済は互いに貸借を取ってバランスし合うんだ」という大理論は私が作ったンだ。彼らにはそういう頭が無いンだって、これっぽちも。それ以前に政治問題を話さないのが日本のインテリであり、産業界であり、サラリーマンである。

　今の日本は政治が最初から無いンだ。自分たちの運命を自分たちで決められないからだ。アメリカが全てを支配してきたからだ。政治とは、自民党の悪者の政治家か創価学会の話だと思ってる。そんなもんよ。自民党、ああイヤだ、創価学会、ああイヤだ、共産党、ああイヤだ、で民主党もイヤだ、と。「選挙の時に、政治家が有権者と握手しようと近寄って行ったら、ＡＩＤＳ《エイズ》菌が寄って来る、みたいに国民から扱われる」と、森喜朗が言った。ＡＩＤＳだと思ってるワケ、政治家のことを。アメリカに、敗戦後日本人はそういうふうに、させられたンだ。日本人は政治的であることを嫌う国民にさせられちゃったネ。政治とは「自分が生き延びる智恵」なんだということを、モウ、ほとんど知らない。分からない国民になっている。かつ、森喜朗のようなドクダミ草のような政治家しか育たない土壌にされたことも大きい。アメリカのせいなんだ。

グローバリストというのは、たちが悪い。日本人を今の憲法でがんじがらめに洗脳すると決めたんだ。これが六〇年ももっとは彼ら自身も思わなかった。

まア、私も自分の考えを三〇代までは言えなかった。私はのろのろしながら、ようやく自力でここまでたどり着いただけでネ。私自身がようやく、謎解きをやって「脱洗脳」にまで、たったひとりでたどり着いただけだもんだから、他の人たちを説得する暇がないンだな。ああ、つかれちゃった。(一同笑う)

でも、モウ、そんなこと言ってられない。人々を説得できるようにやらなきゃアいけない。これは私の商売だ。そこで商権をネ、利権や商権を作るという意味において、私は言論人という商売やってるんだ、という言い方までする。だから学者どもが私を嫌うのヨ。

日本の学者たちのことを、学者も商売とかネ、言論商売とかネ。学問商売という言葉を私が使うと、カッときて怒るやつがいるンだ。なんということを言うのか、と。学問を下品なものにするやつは許さないみたいな言い方すンだよ。

(慶応大学はもう駄目ですよね、という意見あり)

副島　だから、福澤諭吉の精神を一番、裏切っているのヨ。慶応義塾ほど福澤の魂から一番離れたところに行ってる集団はない。創業者ががんばって、迫力でやっているうちはよかったのに。創業者が死んだあと、わけのわからない会社になったりとかネ。尾崎咢堂《おざきがくどう》（行雄）や小林一三《こばやしいちぞう》（阪急、東宝の創業者。本当は東急も阪神も、東京電力も）、福澤百助《ももすけ》たちを残したから偉かったんだけどね。大学自体はロクな奴を育てなかった。

金儲けとか資本主義の法則にしたがって人間が獰猛《どうもう》に動いているうちは、人間は腐らないネ。株式会社で腐ってるところは、潰《つぶ》れるもん。だから獰猛に生き延びるべきなんだ、欲望の法則に従って。その分、人間は悪くなるけどネ。だからやっぱり、ラチオ（合理）とリーズン（理性）即ち、本当は、強欲と拝金の思想を私は大嫌いだけど、存在を認める。これは、やっぱり、人類（ユダヤ人）が発見した大きな、巨大な装置だよネ。金儲けの法則で動け、っていうネ。これには、やっぱり……勝てないな。これだけには、って思ってるよ。

で、私が最も良質の市場原理主義の一種であるところのリバータリアンだと言うと、あんたのリバータリアニズムなんかに共鳴する気はねえンだ、っていうやつが必ずいるわけだよ、二割、三割。私だって、べつに、アメリカ発祥のリバータリアニズムに入信する必要はないわけでネ。

私自身はほんとは醒《さ》めててね。要は、こういう新式の思想を使って、新しい装置や材料や、文化や商品が欧米にあるので、それを日本に持ち込んだら、こりゃひとつの利権だナ、と思ってやってるんだ。西洋の新思想を日本国内に初輸入するだけでも業績であり、利権なんだ。しかも特許料とかブランド料を払え、とは言われないもの。たとえばポルシェっていう車があるから輸入しようって言って輸入業者がいるわけで、輸入業者とポルシェは何の関係も無いんだよ、本当は。私はポルシェやリバータリアニズムとは何の関係もないわけよ、実は。(一同大笑い)

勝手にネ、自分が取っちゃえばいい。ああ、こりゃ財産だ、ていう、それだけだよナア。あくまで醒めてるよ。なんか言われたら、そう言うもん。一応、形と内容は理解している。それは自分の才能だ。一円もお金払わないで、代理店契約も結んでないんだけど、勝手に日本での代理人を名乗るわけ。代理店をネ。だから日本のリバータリアニズムは、日本化して土着化するリバータリアニズムでいいんだ。アメリカのリバータリアニズムも、ヨーロッパ近代社会の伝統を引きずりながら、それにアメリカの開拓農民たちの生活感覚が接《つ》ぎ木《き》されて出来あがったんだ。全部真似する必要はない。日本人的な感覚を接ぎ木すればいいんだ。リバータリアニズムというのは、本当はネ、一番良質な、善良なユダヤ思想なんだ。銀行業(金融業)みたいなダマしではなくて、市場できちんと商品を売って、その利益で暮らせ、という思想なんだよ。

(「ベンツを売るのはヤナセ、みたいな」)

副島　そうそう、そうそう。ベンツって、ホラ、あれ、うるさいわけよ。ヤナセは販売代理権を取り上げられちゃったんだろ。ベンツの本社から。ドイツの本社が、直接、メルセデス・ベンツは、自分で日本で売るからって言い出して。直営店方式に代えたわけだよ。ただ、修理工場は今でもヤナセでやってンだよ。柳瀬次郎《やなせじろう》は一代で終わりだ。息子はボンクラだった。それでいいんじゃないの。

そういう関係でネ。世界基準《ワールド・ヴァリユーズ》でものを考えりゃあそうやって、いろんなことがいっしょに見えてくるんだ。私は世界が見えちゃった人間なンだろうね。福沢諭吉級《クラス》なんだと自分で密かに思っている。だから、私は、最近私をお座敷に呼んでくれた政治家や財界人に言うンだ。

先月も関西に来てね、財界人のみなさん、と言っても、銀行員たちで、地方銀行の役員たち相手だったんだけどね。そこで講演したんだけど。こんなことをしゃべったんだ。

ここに、従業員三〇〇人くらいの企業があります。それが経営難で傾いた。取引銀行に二〇億円ぐらいの融資残高があって、銀行に借金を持ってるト。するとその銀行は、その債券（融資金）を確保するためにその傾いた会社に、財務担当の役員として、三五歳ぐらいの銀行員を送り込むンだよ。それで帳簿を握って、経営を握るんだ。で、従業員の半分のクビを切るンだよ。そうやって会社を立て直すンだ。それで盛り返す。基本的に、創業者一族はたたき出すンだ。家一軒だけ与えて。家一軒だけはあげるンだ。で、その会社を自分の銀行の子会社にしちゃう。そうやって、日本の銀行は、つまりあなた方は、やってきたでしょうト。そうやってやって来て、あんたら常務とか副頭取になったんだろ。これをやらないと、銀行員として出世しないンだ。倒れかかった会社に進駐軍で乗り込んで行って、乗っ取って、子会社にする。

だから、今、全くこれと同じことをあんたらがアメリカの金融法人（ゴールドマンサックスとかサーベラスとか）にやられてるだけなんだ。そう言ったら、みんなイヤアな顔してるンだ。自分たちの上の方で構えているアメリカが見えないンだ、あれだけ企業経営者としては優秀な連中が。

そンだけのことじゃねえか。私は世界が見えちゃった人間だから、あんたらにこうして話しさせてもらってるんだ。そンだけのことじゃねえか、って言ったんだよ。そしたら、彼らはびっくりしたような顔するネ。「ああそうなンだ、分かった」と納得している顔をする。ハッと驚いたような顔をする。でも、そしたら、「イヤそれは、私たちは、そういうことは、口に出したくない」って言うネ、彼らは。見えないンじゃなくて、見たくないんだな。

全部、乗っ取りじゃないか。簡単に言やア。大銀行だけでなく、資金繰りがうまくいかなくなった地方の銀行や信用金庫もまとめてごっそりと、タダ同然の金で持ってゆくんだ。一割二割の資本参加とかの話じゃないだろう。潰れかかるようにしておいて、手持ち流動性の資金をゼロにしといて、それで破綻《はたん》（倒産）させてガバっと持ってくんだろ。怖いんだぞ、ニューヨークのウルトラ・プロの金融業者たちというのは。ほんとに怖いンだぞ、日本人の銀行家なんか、いちころだ、とか言ってやったよ。ヤッパリ、ここまで露骨な話し方をすると、みんないやがるネ。

政治家はいいンだけどね。政治家、代議士っていうのは、みんな体張ってるから、私の話も、フン、フンという顔をして聞いている。でも彼らでも「アメリカが」って直接口に出すのはみんな怖いんだネ。「副島さん。あんた殺されるよ」ってよく言われるけど、怖くねえ。全然、怖くねえ。大丈夫、あと五年は大丈夫だって。（副島先生含め一同笑い）

私は影響力が無いからね。ほんとに無いンだよネ、まだまだまったく無い。私の発言がほんとに社会的影響力が出てきたら、あぶないかも。まア、あと五年は大丈夫だ。

グローバリストの「副島は相手にしないよ戦略」

（副島先生は、金融の動きをミクロで読み解くことができますか、との質問あり）

副島 私はマクロ（巨視的《きょしし》）は分かるけど、ミクロ（微視的《びし》分析）は分からないよ。だから金融論なんかでも、マクロの大きなお金の動きは、だいたいどう動いてるか分かる。ところがネ、金融のトレーダーや、ファンド・マネジャーたちは、ミクロの、一週間先の、ネ、株の投資や債券の動きを読まなきゃいけないンだよ。モウ、私は、絶対つきあえないネ。

そんなこと無理だ。ほんの二、三日先の動きを読んで、投資商売をしなければいけないんだ。胃がおかしくなるだろうね。

どんな投資とギャンブルの才人でも、長いこと相場を張っていると、結局は、どんなに優秀でも、勝敗は五分五分になるそうだ。そこに収斂《しゅうれん》してゆくんだ。相当な才人でも、勝率五割五分（五五％）がせいぜいだろう。だから私は、短期の金融相場観《かん》は、始めから持たないんだ。短くても、二、三年以上先のことしか予測しない。長期で一〇年だな。それ以下の短期は、責任を持って言えない、書けない。

（「小泉・眞紀子の闘い、の進展の現状」の中で、「グローバリスト・日本対策班（ジャパン・ハンドラーズ）の忠犬ハチ公をやっている六〇〇人のうちの総帥である中曽根康弘・元首相」とはっきり書いておられますが、本当に大丈夫ですか、と心配する声あり）

副島　そりゃあ、嫌われるよ。あいつらの子分どもには。既にものすごく嫌われているんだろうね。話は既に向こうに伝わっているだろうからね。でもそんなことは覚悟の上だよ。ある程度敵どもがワーっと出現するサ。

私は、言論界、出版業界の、グローバリストの手先たちとは、ほとんど顔見知りなんだ。今はもう、会っても口もきかないけどね。数年前までは彼らが、私の顔を見たくて、私を、空とぼけて、研究会とかに呼んで、しゃべらせて、首実検《くびじっけん》したんだよ。向こうが私の顔を知っているということは、私だって、向こうの顔を見ているわけだから、お互い様だ。狭い世界なんだ。言論界とか出版業界とかいうのは。

たとえば、読売新聞の元論説委員に橋本五郎《はしもとごろう》という人がいる。まだ若くて私と同じぐらいの歳だけど、いかにも好々爺《こうこうや》の好人物という感じで、日テレ（4チャンネル）の朝のニューズ解説なんかに出ているよ。いかにも善人そうな、一般受けする顔をして、温厚そうにテレビでしゃべってるけどね。

ああいう、いかにも善人です、私は苦労してきました。というニコニコ顔をしていないと、テレビ受けしないいんだ。そういう人が抜擢《ばってき》されて表面に出されるんだよ。だから私としては、これは決断なんだ。名指しでやる、と。中曽根やらナベツネやらは、アメリカの手先だっていう。これは決断なんだ。

（ほんとに大丈夫ですか？　中曽根康弘って暗いでしょ、との質問あり）

副島　暗いよ。それに変態人間だ。いやアまあ、向こうは。でも、さっき言ったように「副島隆彦は相手にしない戦略」だからネ。で、私なりに、それほどの深謀遠慮があるわけじゃアないけども、私の二〇年間で行きついた結論だからネ。彼らは私なんか相手にしないだろう。その距離をちゃんと測ってやっているんだよ。彼らだって、たくさん敵を抱えているから大変なんだよ。いちいち、副島隆彦なんか相手にしてられない。こうやって、私は自分の至り着いた到着点を素直に書きました、ということだ。
＊＊君は、そうやって、私の立場を分析したり、いろいろするけどサ。私は二〇年間近

くもの書きをやって、いろいろあったよ。コウ、自分で文献を調べて分析しながら書いてたら。ことあるたンびに、いつもいじめられちゃってサ。原稿を握りつぶされる。雑誌に載せてくれないんだ。弾圧されたというか。私の書くことを嫌《いや》がって、嫌《きら》って、なんとか葬り去ろうとした。そういう業界人間と出版・編集の連中をズーッとつないでいったら、みーんな、中曽根系につながってた。たったそれだけのことなんだ。個人的な恨みとしては、各所で原稿を握りつぶされた恨みしかない。だからこれはもう確信に近い。西部邁とか佐藤誠三郎、政策研究大学院大学のメンバーとか。みーんな、中曽根とかジェラルド・カーティスにつながってる。いやンなっちゃったね。

中曽根自身はネ、アメリカの手先だけど、力はないンだ。お金もない。国内では竹下登がみンな金を握っていた。だから、中曽根よりも竹下の方が上だ。今は竹下登の子分たちが愛国者を気取っている。そして竹下登が田中角栄を刺し殺したんだ、と私はいつも書くでしょ。今の中曽根には子分の政治家たちはいないンだ。だけど、文化人とか学者とかを各省庁の審議会にいっぱい入れた。そういうワルなんだよ。

そしたら、本当は中曽根がワルなんじゃなくて、それを後ろから糸引いているアメリカがワルで。中曽根が育てたンじゃなくて、アメリカが育てたンだ。テレビ局や大新聞の幹部にまでなっている連中とか。みんな若いころからアメリカの大学や研究所に留学させてもらったり、とか、汚い裏があるんだよ。

だから、私にとって、君らが危ないって言ったところが、私にとっての結論なんだよ。彼らと闘うことに決めたンだ。だから、あの日、あの原稿を書いた日には、ネット見に来てた人が三〇〇〇人から五〇〇〇人増えてたんだ。それが、私の敵どもだよ。お前たち許さんぞ、みたいになるンだ。愛国者の振りして、一番、汚い者たちだ。

じゃア、おまえら、俺とさしでやるか、言論戦を堂々とやるか。みたいになったら、誰ひとりとして寄ってこないし。やっぱりネ、副島隆彦に暴かれたらイヤだな、みたいな感じがあるんだろうな。私も四八歳だからね。四八年生きてきて、出しつつある結論だ、これは。

［二〇〇二年二月一九－二五日、「学問道場」サイトに掲載］

全てを暴《あば》け、騙《だま》されるな◉おわりに

この本は、成甲書房の田中亮介氏の執念が実《みの》って出来た本である。

お前がこんな本を出すな、と非難する人がいたらそれは田中氏に言って下さい。

ここに収録された文章群は、私の弟子たちが主宰し運営する「副島隆彦の学問道場」にこの過去六年間に私が書いて載せた文章のうちから厳選されたものである。ただし、単行本化にあたっては徹底的に加筆・修正を加えた。なかには元の文章の原型をとどめないほどに手を入れて、全く新しく書き変わったものもある。この作業は本書の全編の細部にまで及んだ。

私自身が自分の過去に書いた文章に正面から向かい合ってみて、思わず襟《えり》を正した箇所に何十カ所と出会った。

以前の私はもっと真面目《まじめ》だった、今は堕落した。などとは口が避けても言うまい。私は決してだらしない人間ではない。自堕落になることを自分自身に向かっても許さない。二年前に痩《や》せると誓って、過食をやめて、体重を一五キログラム落とした。昨年末には完全に酒をやめて節食、節制の生活に入った。「西式健康法《にししき》」の甲田光雄《こうだみつお》医師の遠くからの信奉者である。薬漬《づ》けと余計な手術とおかしな延命措置で国民をいじめる、今の医療体制を打ち壊すべきだ。

私は、自分にこれから襲いかかってくるであろう言論弾圧の攻撃に対して防衛の態勢に入ったのである。そのための第一歩として酒をやめた。このことは自分にとって人生戦略上の大きな前進である。「酒（と女）がなくて何の人生ぞ」などと、戦後の無頼派《ぶらいは》文学者のようなだらけたことをまだ言っている人間は、愚か者である。

これからの日本はもっともっと厳しい時代に入ってゆく。それに立ち向かって、若い人々を導いて嵐を乗り越えてゆくには、自ら決意してそれなりの人格者《じんかくしゃ》にならなければ済まなくなった。齢《とし》を取ったら若い人々の模範となるような人間に、臆《おく》することなくなるべきだ。「私など、とても」などと自己卑下などすべきではない。その際に偽善《ぎぜん》と自己満足（虚偽の自己肯定）があってはならない。人生修養は、私の場合は、半ば衆人監視のもとで行われるから、嘘、ハッタリは通用しない。

私を非難中傷する者たちは、既にインターネットとかにたくさんいる。そこでは私は、「邪教《じゃきょう》・副島教団のグールー（教祖）副爺《ソエジー》」と揶揄《やゆ》されている。これは私にとっては蔑称《べっしょう》ではなくて勲章である。ただし私は宗教家ではないし、宗教を作る気などない。私は徹底的に客観的な真実《トゥルース》だけを追い求める人間である。証拠つきで検証された、より確からしい事実《ファクト》しか信じない。私たちの学問道場が、それでもやっぱり特定の偏《かたよ》った考えを人々に押し付ける宗教団体であると非難するのであれば、いいだろう、受けて立って次のように言う。

私の書くものが宗教であると言うのなら、教団名を「真実暴《あば》き教」と言う。そして教義は今のところ、次の二条しかない。第一条「この世の全てを暴け。一切合切、容赦なく暴き立てるべきである」。第二条「騙されるな」。これだけである。

二〇〇八年一月

副島隆彦《そえじまたかひこ》

ホームページ「副島隆彦の学問道場」http://soejima.to/
ここで、私は前途ある優秀だが貧しい若者たちを育てていますから、会員になって支援して下さい。

静岡・熱海の仕事場にて

◉著者について
副島隆彦 Takahiko Soejima
1953年、福岡県福岡市生まれ。早稲田大学法学部卒業。銀行員、代々木ゼミナール講師を経て、現在、常葉学園大学教授。政治思想、法制度、金融・経済、社会時事評論などの分野で様々な事実を暴く。属国・日本論とアメリカ政治思想研究を柱に日本が採るべき自立のための国家戦略を提起、精力的に執筆・講演活動を続けている。
主な著書に『属国・日本論』(五月書房)、『世界覇権国アメリカを動かす政治家と知識人たち』(講談社+α文庫)、『預金封鎖』『守り抜け個人資産』(以上、祥伝社)、『最高権力層だけが知っている日本の真実』(編著、成甲書房)、『共産中国はアメリカがつくった』(監修・解説、成甲書房)、『次の超大国は中国だとロックフェラーが決めた 上下』(翻訳・責任編集、徳間書店)、『中国 赤い資本主義は平和な帝国を目指す』(ビジネス社)等がある。
ホームページ「副島隆彦の学問道場」
http://www.soejima.to/

副島隆彦《そえじまたかひこ》の人生道場《じんせいどうじょう》

◉著者
副島隆彦《そえじまたかひこ》

◉発行日
初版第1刷　2008年2月20日

◉発行者
田中亮介

◉発行所
株式会社 成甲書房

郵便番号101-0051
東京都千代田区神田神保町1-42
振替00160-9-85784
電話 03(3295)1687
E-MAIL mail@seikoshobo.co.jp
URL http://www.seikoshobo.co.jp

◉印刷・製本
中央精版印刷 株式会社

Printed in Japan, 2008
ISBN978-4-88086-223-1